GOLDMANN

Barbara Cartland hat nicht nur zahlreiche Liebesromane veröffentlicht, sondern auch geschichtliche und biographische Werke. Ihre Enkelin Diana ist die Gattin des englischen Thronfolgers Prinz Charles. – Von Barbara Cartland sind folgende Romane als Goldmann-Taschenbücher erschienen:

Auf den Flügeln der Liebe (6603) · Der blaue Saphir (9446) · Botin der Liebe (9420) · Dem König versprochen (9103) · Der Krone versprochen (9667) · Drache und Diamant (6668) · Das ferne Schloß (8472) · Fesseln der Liebe (6641) · Gefährliche Spiele (9668) · Geliebter Wildfang (9924) · Das Geheimnis der Moschee (9669) · Glück am sicheren Faden (8359) · Glück unter der Zirkuskuppel (9638) · Die goldene Gondel (41204) · Der griechische Prinz (6755)

Herrin der Liebe (6723) · Das Herz einer Frau (6708) · Inkognito in Monte Carlo (6632) · Keine Zeit für Zärtlichkeit (8827) · Königliche Liebe (9772) · Liebe kennt keine Grenzen (8925) · Liebestraum (8628) · Ein Lord aus Schottland (6828) · Melodie der Liebe (8395) · Persische Perlen (9961) · Roulette der Herzen (9960)

Schiff der Versuchung (6850) · Die schöne Reiterin (9597) · Die schöne Witwe (9396) · Sonne im Herzen (8861) · Ein spanischer Traum (9233) · Spiel der Herzen (6780) · Stern des Westens (8506) · Tanz weiter, mein Herz (8996) · Teuflische Machenschaften (9621) · Verlangen des Herzens (8958) · Die weiße Taube von Schloß Royal (9929) · Wenn die Heide blüht (9134) · Wer die Leidenschaft flieht (9198) · Zauberwalzer (41205)

BARBARA CARTLAND

Zauberwalzer

ROMAN

Aus dem Englischen
von Carlotta Kunze

GOLDMANN VERLAG

Deutsche Erstveröffentlichung

Titel der Originalausgabe: The Enchanted Waltz
Originalverlag: Arrow Books Ltd., London

Der Goldmann Verlag
ist ein Unternehmen der Verlagsgruppe Bertelsmann

Made in Germany · 1. Auflage · 1/92

Umschlagentwurf: Design Team, München
Farbige Umschlagzeichnung: Norma/Vicente, Barcelona
Satz: Uhl+Massopust, Aalen
Druck: Elsnerdruck, Berlin
Verlagsnummer: 41205
MV · Herstellung: Ludwig Weidenbeck
ISBN 3-442-41205-6

I

»Die Situation ist unerträglich!« Fürst Metternich schlug mit der Faust so fest auf den Schreibtisch, daß die goldenen Schreibutensilien leise klirrten.

»Du hast doch geahnt, daß der Zar ein schwieriger Fall werden könnte, mein Lieber«, warf seine Frau ruhig ein.

»Ich weiß, ich weiß«, antwortete der Fürst ungehalten, »aber nicht so schwierig. Der Mann ist ja nicht normal. Er ist...« Er verstummte, als fehle ihm das richtige Wort.

»...wie sein Vater«, schlug die Fürstin hilfreich vor.

»Nein, so schlimm nun auch wieder nicht.« Mit raschen Schritten durchmaß der Fürst das Zimmer. Wie immer, wenn er in Gedanken versunken war, streckte er auch jetzt den markanten Kopf ein wenig vor und bekam auf diese Weise etwas von einem Adler, der bereit ist, sich auf seine Beute zu stürzen. »Ich weiß nicht, was mit dem Zaren los ist. Manchmal scheinen zwei Seelen in seiner Brust zu wohnen.«

»Wie bemerkenswert, das von dir zu hören, Clemens«, rief die Fürstin überrascht. »Erst gestern sprachen wir über diese Theorie. Die Fürstin Liechtenstein erklärte, ihr

Arzt sei der Ansicht, ein Mensch könne eine gespaltene Persönlichkeit haben und so Gott und Teufel in einer Person sein.«

»Vielleicht wäre der Zar der richtige Patient für diesen Arzt«, erwiderte der Fürst trocken, »denn in einem Augenblick hält Alexander sich für den geborenen Weltherrscher, den mächtigsten Mann in Europa, und im nächsten scheint er der gütige, christliche Wohltäter sein zu wollen, der allen Menschen die Freiheit und den Frieden schenken möchte.«

Die Fürstin seufzte. Die Gereiztheit ihres Mannes war nicht zu überhören.

»Und als wäre dies nicht genug«, fuhr der Fürst fort, »behindert Alexander den gesamten Kongreß, indem er sich ständig in die Unterhandlungen einmischt. Eigentlich sollten sich die Herrscher damit begnügen, sich zu amüsieren, während ihre Bevollmächtigten die wirkliche Arbeit erledigen. Der Zar aber hält sich an keine Absprachen und besteht darauf, selbst mit mir und Castlereagh zu verhandeln. Der arme Graf Nesselrode weiß überhaupt nicht, wie ihm geschieht und was er tun soll.«

»Du findest das ärgerlich, mein Lieber?« warf die Fürstin ein.

»Ärgerlich?« rief der Fürst und zog die Augenbrauen hoch. »Es ist unerträglich. So kann das nicht weitergehen. Es muß etwas geschehen – aber was?« Seine schlanken, ausdrucksvollen Hände machten eine Geste der Verzweiflung.

Als sie ihn so vor dem Fenster stehen sah, dachte die Fürstin, was für einen schönen Mann sie doch geheiratet hatte, ein Gedanke, der sie jeden Tag seit ihrer Hochzeit begleitet hatte.

Nicht daß sein Gesicht von klassischer Schönheit gewesen wäre, aber es zeugte von großem Charakter, und aus seinen Augen sprühte Leben. Es war aber auch das Gesicht eines Mannes, dem die Herzen der Frauen zufielen, dachte sie plötzlich und spürte Eifersucht in sich aufsteigen.

»Was soll nur geschehen?« fragte der Fürst verzweifelt. »Der Kongreß platzt, wenn wir nicht etwas unternehmen. ›Der Kongreß tanzt‹, dieser spöttische Satz ist in aller Munde. Meine Feinde prophezeien mir die größte Niederlage meiner bisherigen Karriere, und sie könnten recht bekommen – sie werden recht bekommen, Eleonore, wenn nicht ein Wunder geschieht und es mir gelingt, den Zaren von diesem zerstörerischen Kurs abzubringen.«

»Ein Wunder? Erwartest du nicht ein bißchen viel?« fragte die Fürstin leise lächelnd.

»Anderenfalls bin ich verloren«, antwortete der Fürst mit finsterer Miene. Erneut durchmaß er mit großen Schritten den Raum, dessen Einrichtung von ihm persönlich ausgesucht worden war. Heute hatte er jedoch kein Auge für den herrlichen Perserteppich, der seine Schritte dämpfte.

Der Fürst nannte das Haus, das er selbst hatte erbauen lassen, sein Landhaus am Rennweg, und Kaiser Franz hatte auf diese Bemerkung hin lachend gemeint, er würde dieses Landhaus liebend gerne gegen die Hofburg eintauschen. Der Fürst hatte auch die Anlage des großen Parks überwacht und dort seltene Bäume und Büsche pflanzen lassen. Das wunderschöne Landhaus am Rennweg bildete nicht nur das Zentrum der Feste, auf denen der Kongreß tanzte, in ihm liefen auch die Fäden der Politik zusammen.

Nur die Frau des Fürsten und seine engsten Mitarbeiter wußten von der nervlichen Anstrengung, die er sich Tag für Tag zumutete; sein Auftreten, seine geistreichen Gespräche und sein temperamentsprühendes Benehmen verrieten nichts. Unstreitig überragte der Fürst alle übrigen wichtigen Personen, die sich in Wien versammelt hatten.

Kaiser Alexander von Rußland hatte ein riesiges Gefolge mitgebracht; damit wollte er wohl das einfache Volk beeindrucken, das endlich einsehen sollte, daß er ganz allein Napoleon besiegt hatte.

Gekommen waren auch Friedrich Wilhelm III. von Preußen, die Könige von Dänemark, Bayern und Württemberg sowie Viscount Castlereagh, der persönliche Beauftragte des Prinzregenten von England, dazu die schönsten Frauen Europas. Aber Kaiser, Könige, Fürsten, Staatsmänner, Politiker, Höflinge, Damen und Kurtisanen drehten sich ständig um die eine Figur in ihrer Mitte, den Fürsten Clemens von Metternich. Mit seinen hellen blauen Augen, der Adlernase, der vornehm blassen Hautfarbe und dem immer spöttischen Mund blieb er vielen unvergeßlich, nachdem die Erinnerung an unzählige Maskenbälle, Empfänge und Paraden längst verblaßt war.

Dieses alle überragende politische Genie hatte sich jedoch auch viele Feinde gemacht, die nur zu begierig auf seinen baldigen Sturz warteten.

»Ein Wunder«, wiederholte er jetzt, »ein Wunder muß geschehen, Eleonore.«

Dieser flehenden Stimme hatte sie sich noch nie entziehen können. »Wenn ich dir doch nur helfen könnte«, seufzte sie.

Er kam auf sie zu und legte ihr den Arm um die Schulter. »Du hilfst mir bereits sehr«, sagte er.

Diese einfachen Worte, aus denen seine ungekünstelte Zuneigung sprach, beglückten sie. Rasch wandte sie sich ab, damit er ihre Rührung nicht sah. »Danke«, flüsterte sie.

Wieder wollte er unruhig hin und her gehen, als er plötzlich den Diener bemerkte, der in der Tür stand. »Ja, was gibt es?«

»Eine Dame wartet darauf, in einer privaten Angelegenheit empfangen zu werden, Eure Durchlaucht.«

»Eine Dame? Wie ist ihr Name?«

»Sie hat ihn nicht genannt, aber sie bat um eine Unterredung. Sie kommt vom Lande.«

»Ohne Verabredung kann ich niemand empfangen«, erwiderte der Fürst unwirsch.

»Ich weiß, Eure Durchlaucht, und ich habe es auch der jungen Dame gesagt. Sie blieb jedoch hartnäckig und meinte, Durchlaucht würden sie sicher sehen wollen.«

»Sagen Sie ihr, sie habe sich in der üblichen Weise anzumelden«, wies ihn der Fürst an. »Im Augenblick bin ich sehr beschäftigt.«

»Jawohl, Eure Durchlaucht!« Der Diener eilte hinaus, und der Fürst nahm seinen Rundgang wieder auf.

»Wir können auf keinen Fall zulassen, daß Polen ein souveräner Staat wird, der von Rußland beherrscht wird«, sagte er nachdenklich, als spräche er zu sich selbst. »Der Zar würde Europa noch stärker beherrschen als Napoleon. Alexander aber legt es darauf an, und König Friedrich Wilhelm neigt dazu, ihm dies zu gewähren, wenn auch vielleicht nur mir und den Engländern zum Trotz. Was wir hier unternehmen müssen, ist wahrscheinlich zu –« Er unterbrach sich, denn der Diener war erneut eingetreten. »Was gibt's?«

»Die Dame bat mich, Ihnen dies zu überreichen, Eure Durchlaucht.« Der Diener hielt ein goldenes Tablett, auf dem ein mit Türkisen und Diamanten besetztes Geschmeide lag, eine hübsche Kostbarkeit, aber sicherlich nicht von übergroßem Wert. Einen Augenblick starrte der Fürst es stumm an. Er erinnerte sich an einen weißen Körper im Mondschein, an zwei weiche Lippen, an Brüste, die unter der Berührung seiner Hand erschauerten, und an das Schlagen eines Herzens gegen das seine. Langsam streckte er die Hand nach dem Geschmeide aus. »Führen Sie die Dame herein«, sagte er.

Augenblicklich erhob sich die Fürstin von dem Stuhl, auf dem sie gesessen hatte. »Ich werde mich vor dem Ball heute abend noch etwas ausruhen.«

Der Fürst öffnete ihr die Tür und ging, sobald sie den Raum verlassen hatte, langsam zum offenen Kamin. Sinnend starrte er auf das Geschmeide, das er in der Hand hielt.

Er hatte diese Steine das letzte Mal gesehen, als er sie behutsam um einen schlanken Hals gelegt hatte. Es war ihm damals schwer gefallen, das Geld dafür aufzubringen, doch es war eine Ausgabe gewesen, die er nie bedauert hatte. Deutlich erinnerte er sich an den Duft der Lilien und an den Mondschein, bei dem sie sich getroffen hatten in jenem verschwiegenen kleinen Tempel inmitten des Waldes. Immer noch war in ihm die Erinnerung wach an den Zauber jener Stunden, selbst nach diesen vielen Jahren, in denen es andere zauberhafte Augenblicke gegeben hatte und viele monddurchflutete Nächte. Jung und unbedacht waren sie gewesen, hatten alles riskiert für jene heimlichen Küsse.

Plötzlich seufzte er. Charlotte war jetzt fast vierzig, und ihr Erscheinen würde die Erinnerung an jene köstlichen Jugendsünden trüben. Aber Frauen waren immer gleich. Sie konnten sich einfach nicht damit abfinden, daß es oft besser war, die Vergangenheit ruhen zu lassen.

Da öffnete sich die Tür, und der Fürst richtete sich erwartungsvoll auf. Bei dem Anblick, der sich ihm bot, verschwand jedoch das Lächeln von seinen Lippen, und der Ausdruck seiner Augen änderte sich. Dies war nicht Charlotte, dies war jemand ganz anderes – ein Mädchen, das er noch nie zuvor gesehen hatte.

Sie kam auf ihn zu, und ihr Gang war so leicht, daß sie mehr auf dem Teppich zu schweben als zu gehen schien. Sie trug einen Reisemantel aus grünem Samt sowie ein Kleid aus weißer Seide, und ein winziger Hut mit grünen Federn saß auf ihrem goldenen Haar. Ihre Augen waren blau, so blau wie die seinen, umrahmt von langen schwarzen Wimpern. Als sie vor ihm stand, sank sie zu einem tiefen Knicks nieder. »Vielen Dank, daß Sie mich empfangen, Durchlaucht.« Ein wunderschön geformtes Gesicht sah ihn an – eine kleine geschwungene Nase, ein großer roter Mund und jene zwei unwahrscheinlich blauen Augen.

»Wer sind Sie?«

»Ich bin Elisabeth Schönborn. Meine Mutter meinte, Sie würden sich sicher an sie erinnern. Sie hat mir einen Brief an Sie mitgegeben.«

Sie hielt ihm den Brief entgegen, und auch nach vielen Jahren erkannte er die Handschrift. Ohne ein Wort zu sagen, nahm er den Brief entgegen, die Augen fest auf das Mädchen gerichtet. »Ja, ich erinnere mich an Ihre Mutter«, sagte er. Dann öffnete er den Brief und las:

»Ich bin sehr krank. Die Ärzte machen mir keine großen Hoffnungen mehr. Bei meinem Tod wird man Elisabeth zu den Schwestern meines verstorbenen Mannes nach Bayern schicken. Sie sind jedoch schon alt und streng. Sie verstehen es sicher nicht, mit einem jungen Mädchen umzugehen. Verschaffen Sie Elisabeth ein bißchen Glück, bevor sie abreisen muß. Vergeben Sie mir diese Bitte, doch glaube ich, daß Sie Elisabeths Anblick belohnen wird. Charlotte.«

»Ihre Mutter ist gestorben?« fragte er.

»Ja, sie ist im Frühsommer gestorben«, antwortete das Mädchen. »Sie können sich an sie erinnern?«

»Ja, ich erinnere mich an sie.«

Ein Lächeln huschte über ihr Gesicht, und es erschien ihm wie die ersten Strahlen der Frühlingssonne.

»Ich bin so froh«, sagte sie. »Ich hatte schon befürchtet, daß sie sich geirrt hat. Meine Mutter war nämlich sehr lange krank.«

»Aber natürlich erinnere ich mich an sie«, wiederholte der Fürst. Er sah das Mädchen schweigend an und fragte dann plötzlich: »Wie alt sind Sie eigentlich?«

»Ich werde nächsten Monat achtzehn.«

»Nächsten Monat!« rief der Fürst erstaunt. »Und Sie heißen Elisabeth?«

»Elisabeth Maria Clementina, um genau zu sein«, antwortete sie lächelnd.

Dem Fürsten stockte der Atem. Clementina – die Erinnerung an jene glücklichen Nächte dort in dem kleinen Tempel stieg erneut vor ihm auf. Einen Augenblick war es nicht Elisabeth, die vor ihm stand, sondern Charlotte: Sie streckte ihre Arme nach ihm aus, ihre warmen Lippen suchten die seinen, ihr schlanker Leib drängte sich verlangend an ihn. Charlottes Augen jedoch waren grau, während die von Elisabeth blau waren.

Es kostete den Fürsten einige Mühe, diese Erinnerungen abzuschütteln. Das Mädchen wartete auf seine Entscheidung, ob es bleiben durfte oder nicht.

»Man schickt Sie also nach Bayern«, sagte er. Er versuchte seine Gedanken zu ordnen.

»Ja, jetzt, da meine Mutter tot ist, habe ich niemand mehr, nur ein paar alte Tanten. Aber ich will eigentlich gar nicht nach Bayern.«

»Sie mögen Ihre Verwandten nicht?«

»Sie sind eigentlich ganz nett. Aber ich muß alles verlassen, auch mein geliebtes Österreich.«

»Sie lieben Ihr Land?«

»Gewiß!«

Er wußte, dies war das Wunder, um das er gebetet hatte. »Sie sagen, Sie lieben Österreich«, sagte er ruhig. »Dann wären Sie wohl auch bereit, für Ihr Land etwas zu tun?«

»Aber natürlich – alles!«

»Sind Sie ganz sicher?«

»Sagen Sie mir, was ich tun soll, und wenn es in meinen Kräften steht, dann werde ich es tun. Das verspreche ich Ihnen.«

»Ich denke, ich kann Ihnen vertrauen«, sagte der Fürst langsam. »Aber Sie müssen sehr müde und durstig sein nach der langen Reise. Bitte setzen Sie sich doch. Vielleicht möchten Sie eine kleine Erfrischung zu sich nehmen?«

»Das ist überhaupt nicht nötig«, erwiderte Elisabeth rasch. »Ich habe meine Reise an einem kleinen Gasthof am Stadtrand unterbrochen. Ich wollte nicht abgehetzt und staubbedeckt hier ankommen.«

Diese Worte gefielen dem Fürsten sehr, waren sie doch ein Beweis von Elisabeths Klugheit. Für das Mädchen hing eine ganze Menge von dem Eindruck ab, den es hier machte, und es hatte sich deshalb gut auf seinen ersten Besuch in Wien vorbereitet. Das bewies eine Weitsicht, die der Fürst gern sah. Anscheinend hatte sie nicht nur die blauen Augen geerbt.

»Zumindest könnten wir uns setzen«, erwiderte er mit dem Lächeln, das die Frauen so unwiderstehlich fanden. Sie setzte sich auf den Stuhl, den er ihr anbot, und da saß sie nun kerzengerade, aber mit einer entzückenden Grazie. Ihre Augen blitzten vor freudiger Erwartung.

»Vor Ihrer Ankunft hatte ich um ein Wunder gebetet, das mir aus einer Schwierigkeit helfen würde«, sagte der Fürst ruhig. »Ich denke, Sie sind die Antwort auf dieses Gebet.«

»Was soll ich tun?«

»Das werde ich Ihnen gleich sagen. Sie werden Mut und

Intelligenz, vor allem aber Ihren ganzen Charme brauchen.«

»Ich habe keine Angst.«

»Also gut. Ich werde Ihnen so einfach wie möglich erklären, was ich von Ihnen erwarte. Sie werden sicher wissen, daß sich die Vertreter der Großmächte in Wien versammelt haben, um ein Abkommen über einen Frieden in Europa zu schließen. Meiner Meinung nach kann dieser Friede nur dann von langer Dauer sein, wenn ein ungefähres Gleichgewicht besteht zwischen den Großen – als da sind Rußland, Preußen, Österreich, England und Frankreich.«

»Das verstehe ich.«

»Nun, leider versucht der Zar, aus Polen ein Land unter seiner Vorherrschaft zu machen. Sowohl Österreich als auch England können dem nicht zustimmen, ebenso wenig Frankreich. Der Zar jedoch ist ein schwieriger Mann – manchmal ein naiver Idealist, manchmal aber auch äußerst verschlagen und berechnend. Ich muß immer rechtzeitig und, wenn möglich, früher als alle anderen darüber unterrichtet sein, was meine Gegner planen. Habe ich mich so weit klar ausgedrückt?«

»Ja.«

»Am leichtesten erfährt man natürlich die Pläne seines Gegners von seinen Freunden, aber noch besser von den Frauen, denen er vertraut.«

»Und dabei soll ich Ihnen helfen?« Elisabeth sagte dies ganz nüchtern.

»Genau. Sie sind neu in Wien. Sie sind schön, niemand kennt Sie. Ideal für meine Zwecke.«

»Aber was ist...«, Elisabeth zögerte kurz, bevor sie es aussprach, »was ist, wenn ich dem Zaren nicht gefalle?«

»Das müssen wir abwarten. Der Zar hat eine große Schwäche für schöne Frauen, aber Sie brauchen sich nicht vor ihm zu fürchten. Verzeihen Sie meine Offenheit, aber es ist wirklich besser, wenn Sie darüber Bescheid wissen. Er hat eine Geliebte, Madame Marie Narischkin, die jedoch aus Gründen der Diskretion und wegen der Anwesenheit der Zarin in Wien in einem Dorf der Umgebung wohnt. Madame Narischkin muß einen ungewöhnlichen Einfluß auf ihn haben. Obwohl sie häufig andere Liebhaber hat, erwartet sie von ihm unbedingte Treue, und meine Informanten berichten, daß er sich peinlich genau an diese Forderung hält. Er mag Frauen, er macht ihnen den Hof, aber das ist auch schon alles – wenn Sie mich richtig verstehen.«

»Ich verstehe sehr gut. Wie werde ich dem Zaren begegnen?«

»Das läßt sich arrangieren«, erwiderte der Fürst. »Sie müssen nur die Gelegenheit ergreifen, wenn sie sich bietet. Und dann brauchen Sie nur noch zuzuhören. Jeder Mann redet, egal ob Kaiser oder Diener, Fürst oder Bettler. Alles, was sie brauchen, ist ein Zeichen der Ermutigung von der Frau, die sie versteht.«

»Und danach?«

»Sie erzählen mir alles, was gesagt wurde. Aber wir müssen uns in dieser Angelegenheit sehr in acht nehmen. Nichts bleibt geheim in Wien, sogar die Wände haben Ohren. Niemand darf auch nur ahnen, um was es Ihnen bei einem Flirt mit dem Zaren wirklich geht.«

»Ich verstehe.«

»Gut. Sie kennen mich nicht, wir stehen in keinerlei Verbindung, und wir haben uns noch nie gesehen. Sie werden bei einer über jeden Verdacht erhabenen Person wohnen, die Sie in die exklusivsten Zirkel einführen wird. Man wird Sie als die Tochter Ihrer Mutter vorstellen. Nur wenige Leute wissen, daß ich und Charlotte vor vielen Jahren befreundet waren. Es darf niemand auch nur ahnen, daß wir Bekannte sind.«

»Ich werde Sie aber wiedersehen, nicht wahr?«

»Sie werden mich sogar sehr oft sehen«, sagte der Fürst lächelnd, »und zwar sowohl in der Öffentlichkeit als auch privat, das letztere jedoch nur unter Wahrung von äußerster Diskretion. Sind Sie bereit, sich darauf einzulassen, Elisabeth?«

»Ich würde alles für Sie tun. Meine Mutter hat viel von Ihnen gesprochen und mir erzählt, was für ein wunderbarer Mensch Sie sind. Von ihr weiß ich, wieviel Europa und Österreich Ihnen zu verdanken haben.«

Der Fürst lächelte geschmeichelt. »Wenn Sie lang genug in Wien sind, können Sie auch ganz andere Geschichten über mich zu hören bekommen. Lord Castlereagh beispielsweise nennt mich einen politischen Hanswurst.«

»Wie kann er es nur wagen?«

»Er darf genauso seine Meinung haben wie Sie. Aber überlegen Sie es sich noch einmal gut. Ich könnte es sehr wohl verstehen, wenn Sie sich lieber nicht in so gefährliche Angelegenheiten einmischen möchten. Ich würde es trotzdem so einrichten, daß Sie in Wien bleiben können, um die großen Bälle zu besuchen.«

Elisabeth erhob sich und legte bekräftigend ihre Hand auf die des Fürsten. »Ich glaube, Sie verstehen mich nicht ganz. Als ich Ihnen sagte, ich liebe mein Vaterland, war das mein völliger Ernst. Ich bin bereit, für mein Land zu sterben, wenn dies nötig sein sollte. Wenn ich ihm jedoch auf andere Weise dienen kann, dann macht es mich stolz, dazu auserwählt zu sein.«

Der Fürst ergriff ihre kleine Hand. Er sah, daß auf ihren Wangen das Feuer der Entschlossenheit brannte. »Ich bin stolz auf Sie. Aber jetzt müssen Sie gehen. Es wäre unklug, wenn man Ihre Kutsche allzu lange vor meiner Tür stehen sieht. Sagen Sie allen, daß Sie versucht hätten, empfangen zu werden, daß es aber unmöglich gewesen sei. Fahren Sie von hier aus zur Baronin von Waluzen. Sie ist eine entfernte Verwandte meiner Frau und absolut vertrauenswürdig. Aber selbst ihr sollten Sie so wenig wie möglich von Ihrem Besuch bei mir verraten. Ich werde noch darüber nachdenken, wie ich mit Ihnen in Verbindung treten kann. Als allererstes sollten Sie sich erst einmal ausruhen, damit Sie für den Maskenball heute abend frisch sind.«

»Ein Maskenball?«

»Ja. Maskenbälle sind der letzte Schrei. Hier mischen sich die gekrönten Häupter, Fürsten, Adlige und Politiker unter das gemeine Volk. Jeder tanzt mit jedem. Alle tragen Kostüm und Maske. Sie werden noch von mir erfahren, in welchem Kostüm der Zar erscheint.«

»Soll ich mit ihm tanzen?«

»Sorgen Sie dafür. Eine zufällige Begegung ist viel unverdächtiger als eine förmliche Vorstellung.«

»Ich kann kaum glauben, daß das alles wahr ist. Vielen,

vielen Dank.« Sie verbeugte sich tief und drückte einen flüchtigen Kuß auf seine Hand. »Ich hatte so schreckliche Angst, als ich hierher kam, Angst davor, daß Sie mich abweisen würden. Und jetzt bin ich so glücklich, daß ich es kaum fassen kann.«

»Reden wir nicht mehr davon«, sagte der Fürst und sagte nach einer kleinen Pause: »Sie sehen Ihrer Mutter nicht besonders ähnlich.«

»Genauso wenig wie meinem Vater«, erwiderte sie.

»Nein?« Es war eine Frage, aber sie verstand sie nicht.

Der Fürst ging zum Schreibtisch, setzte sich und entwarf einen kurzen Brief, den er dem Mädchen anschließend überreichte. »Geben Sie diesen Brief der Baronin von Waluzen«, sagte er. »Sie können sicher bei ihr wohnen. Sie wird Ihnen auch alles besorgen, was Sie brauchen. Sie sollen sich in Wien nicht langweilen.«

Elisabeth lachte glücklich. Sie ergriff den Brief, wandte sich der Tür zu und wollte schon das Zimmer verlassen, als ihr noch etwas einfiel. »Können Sie mir den Anhänger wiedergeben? Er hat meiner Mutter gehört.«

»Aber natürlich.« Der Fürst zog ihn aus seiner Tasche und überreichte ihn ihr.

»Meine Mutter bat mich, ihn immer aufzubewahren. Sie hat ihn von jemand erhalten, den sie sehr liebte.«

»Hat sie Ihnen gesagt, von wem?«

»Nein, aber ich habe es erraten.«

Blaue Augen blickten in blaue Augen.

Der Fürst verbeugte sich und küßte ihr die Hand, die den Anhänger umschloß. »Ich bin froh, daß mich Ihre Mutter nicht vergessen hat«, sagte er mit weicher Stimme.

»Als ob das so leicht gewesen wäre«, antwortete Elisabeth lächelnd.

2

Fürstin Katharina hob beide Arme über den Kopf, rekelte sich und erhob sich dann mit einer graziösen Bewegung von dem Bett, auf dem sie gelegen hatte.

Obwohl es erst Nachmittag war, waren die Fensterläden bereits geschlossen. Das ganz in blau gehaltene Schlafzimmer wurde nur von Kerzen erleuchtet, die in schweren goldenen Haltern steckten, wie sie für die Hofburg angemessen waren.

Einen Augenblick stand sie inmitten des Raums; ihre Figur, kaum verhüllt durch das fast durchsichtige Nichts, das sie trug, war so makellos wie die Statue einer griechischen Göttin.

»Schöner, nackter Engel«, sagte eine tiefe Stimme vom Bett her.

Katharina drehte sich rasch um. »Wer hat dir gesagt, daß man mich so nennt?«

Der Mann lachte: »Wer? Ganz Wien natürlich. Laß mich kurz nachdenken. Wer hat es zuletzt gesagt – der Kaiser, der Kardinal? Oder war es gar Fürst Metternich selbst?«

»Nein, er sicher nicht. Er hat es sicher vergessen. Es ist schon so lange her.«

»Gibt es jemand, der dich je vergessen könnte?«

Sie setzte sich wieder zu ihm. Er lag bequem zurückgelehnt gegen die Kissen, und die gesunde Bräune seiner Haut bildete einen starken Gegensatz zu dem weißen Leinen. Ganz offensichtlich zählte er nicht zu den Salonlöwen, sondern war eher das Leben auf dem Rücken eines Pferdes gewohnt.

Als sich die Fürstin vorbeugte, um ihn zu berühren, ergriff er ihre Hand und bedeckte sie mit hungrigen Küssen. »Du bist hinreißend. Metternich hatte recht.«

»Warum redest du unentwegt von ihm?«

»Ich sehe das Gleiche wie er: einen schönen, nackten Engel.«

»Ich war damals sehr jung, so jung wie du jetzt. Ja, jung und glücklich.«

»Nicht so glücklich wie ich jetzt«, erwiderte er zwischen zwei Küssen.

»Doch! Ich werde diese Zeit nie vergessen.«

»Vergiß die Vergangenheit«, sagte er. »Jetzt bin ich hier, und es soll niemand anderen in deinem Leben geben.«

Sie lachte über diesen Ausbruch von Eifersucht, doch dann spürte sie die Leidenschaft, die von ihm ausging und sie mitriß. Er zog sie zu sich herab auf das Bett. Seine Hände strichen über ihre weiche Haut, und seine Lippen spürten das Schlagen ihres Herzens. Gleichzeitig fühlte er, wie sich ihre Zähne zärtlich mit seinem Ohrläppchen beschäftigten. Da wurde aus ihrer Leidenschaft ein verzehrendes Feuer, das sie beide ergriff...

Später – viel später – erhob sich Katharina und schritt

zu ihrem Frisiertisch. »Es ist Zeit, daß ich mich anziehe«, sagte sie. »Die Arbeit wartet.«

»Du meinst, der Geheimdienst Seiner Kaiserlichen Majestät?« fragte er spöttisch.

Katharina wandte sich zu ihm um und musterte ihn. »Warum magst du unseren Geheimdienst nicht?« fragte sie. »Du läßt keine Gelegenheit aus, ihn schlecht zu machen.«

»Ich mag das ganze System nicht«, erwiderte er, »und ich mag es nicht, andere Leute auszuspionieren. Aber besonders mag ich es nicht, wenn du es machst.«

»Wer sagt, daß ich das tue?«

»Der Zar. Er nannte dich seinen schönsten und gleichzeitig klügsten Soldaten.«

Katharina zuckte mit den Achseln. »Was regst du dich auf? Ich habe dir schon gesagt, diese Zeiten sind vorbei.«

»Es sei denn, er braucht dich erneut.«

»Im Augenblick sicher nicht. Metternich ist sein ärgster Feind, aber gegen den kann ich nichts mehr machen.«

»Man sollte die Frauen aus der Politik heraushalten. Sie ist ein schmutziges Geschäft.«

Katharina lachte. »Da spricht der englische Gentleman aus dir. Nur den Engländern kann so ein Satz einfallen.«

Der Mann erhob sich nun ebenfalls vom Bett. Er trug einen wunderschönen Morgenmantel aus himmelblauem Samt.

Katharina beobachtete im Spiegel, wie er auf sie zukam. »Du bist ein großer Junge, Richard«, sagte sie zärtlich.

»Ich bin fünfundzwanzig, eingebildet und im Exil. Klingt das besonders jugendlich?«

Erneut lachte sie und warf den Kopf zurück, wobei ihre Haare seinen straffen Bauch streiften. »Mit dir fühle ich mich wieder jung«, murmelte sie, »und das reicht mir.«

Er konnte die Schönheit ihres herrlichen Körpers im Spiegel bewundern und griff von hinten nach ihren Brüsten.

Katharina wehrte jedoch ab. »Nein, mein Liebling, wir müssen brav sein. Der Zar erwartet mich. Du weißt, er will immer ganz genau wissen, was wir tun.«

»Wenn du willst, erzähle ich es ihm genau.«

»Er wird es schon wissen, mein Liebling. Einer von Fürst Wolkowskis Männern wird ihm bestimmt von deinem Besuch in meinem Zimmer berichtet haben.«

»Verdammt sei dieser Wolkowski! Ich werde ihm eines Tages noch den Hals umdrehen.«

»Dann wird man dich auch aus Rußland verbannen.«

»Das läßt mir noch mindestens ein halbes Dutzend anderer Länder, wo ich Zuflucht finden kann. Nur muß ich dann dich verlassen – deswegen ist Wolkowski vor mir sicher.« Richard beugte sich über ihre Schulter und küßte sie auf den Hals. »Ich gehe ungern, aber der Korridor draußen ist zugig, und dem Agenten des kaiserlichen Geheimdienstes ist sicher kalt.« Ohne ein weiteres Wort ging er zur Tür, öffnete sie und ließ sie hinter sich zufallen.

Katharina seufzte. Richard war Engländer vom Scheitel bis zur Sohle, und es fiel ihm schwer, fremde Lebensgewohnheiten zu akzeptieren. Sie hatten sich schon öfters darüber gestritten, und häufig hatte es ihrer ganzen Überredungskunst bedurft, um ihn davon abzuhalten, einen Diener anzugreifen, der auf Wolkowskis Geheiß ihre Gespräche belauschte. Für sie war es ein Teil ihres normalen Lebens. In Rußland wurde man überall belauscht. Aber schon ihr gefallener Mann, Fürst Peter Bagration, hatte eine starke Abneigung gegen die allgegenwärtigen Spione empfunden. Hier in Österreich war es genauso. Jedermann wußte, daß Baron Hager dem Kaiser jedes besondere Vorkommnis sofort zu berichten hatte.

Natürlich war sie selbst auch im Dienst des russischen Geheimdienstes gestanden, als sie Fürst Metternich das erste Mal traf. Die Tatsache, daß sie sich sofort unsterblich in ihn verliebt hatte, hatte diesen Auftrag jedoch nur noch angenehmer gemacht. Sowohl Katharina als auch Metternich hatten einander nicht im unklaren gelassen, auf wessen Seite sie standen.

Wie glücklich sie doch damals gewesen war! Katharina seufzte erneut, als sie sich an die Tage und vor allem die Nächte erinnerte, die sie zwischen Leidenschaft und politischer Unterhaltung verbracht hatten. Wie rasch waren die Stunden immer vergangen! Wie konnte ein Mann wie Richard Melton es je begreifen, was es hieß, von Metternich geliebt zu werden und ihn zu lieben? Solange sie jung und schön war, würde es sicher noch viele Männer in ihrem Leben geben, doch ein Teil ihres Herzens würde für immer dem Fürsten gehören.

Richard hatte etwas an sich, das sie verrückt nach ihm machte. Ihr Herz schlug rascher, wenn er sich ihr näherte. Für ihn machte sie sich heute abend schön. Sie warf einen raschen Blick in den Spiegel. Ihr kritisches Auge registrierte sofort die winzigen Spuren des Alters, die feinen Linien an den Augenwinkeln, die sich jetzt noch ganz leicht verbergen ließen. Eines Tages jedoch würde ihre Schönheit verblaßt sein. Sie fröstelte; dann zog sie energisch an der Glocke für die Zofen. Sie brauchte jetzt ein warmes Bad; anschließend würde sie sich sorgfältig schminken, bevor sie sich für den Ball ankleiden ließ.

In seinem Zimmer zog sich Richard Melton in Ruhe Jacke und Hose an. Er hatte immer die Schneider in der Bond Street bevorzugt, und auch wenn er fast zu breitschultrig gebaut war, um dem Idealbild eines Dandys zu entsprechen, so zog er doch die bewundernden Blicke vieler Kongreßteilnehmer auf sich.

Sein Bursche, ein kleiner, krummbeiniger Londoner, half ihm mit der breiten Halsbinde, und als Richard seine Erscheinung im Spiegel überprüfte, erblickte er einen gutaussehenden jungen Mann mit gelangweilter Miene, den nichts mehr beeindrucken kann, weil er schon alles gesehen hat. Er war gerade dabei, sich die Uhr in die Westentasche zu stecken, als laut an die Tür geklopft wurde. Sein Bursche öffnete.

In der Tür stand ein Flügeladjutant in einer prächtigen Uniform. »Seine Majestät der Zar bittet Mr. Melton um seine Gesellschaft«, sagte er in gestelztem Englisch.

»Sagen Sie ihm, daß er gleich kommt«, sagte der Bursche und schlug die Tür zu. »Der Zar verlangt nach Ihnen, Chef«, teilte er Richard unnötigerweise mit. »Hier hat man aber auch keinen Augenblick seine Ruhe.«

»Ganz richtig, Harry, aber wir müssen uns nach der Decke strecken.«

»Hören Sie bloß damit auf, Chef. Noch sind wir nicht am Ende mit unserem Latein.«

»Jedenfalls nicht, solange wir hier sein können. Und so lange sollten wir auch nicht vergessen, wessen Brot wir essen.«

»Das tue ich schon nicht, Chef. Aber diese Typen hier sind nichts für meiner Mutter Sohn. Was die sich gefallen lassen, geht auf keine Kuhhaut. Ich hätte schon längst mein Messer gezogen, wenn man mir so käme.«

»Das glaube ich dir ohne weiteres«, erwiderte Richard trocken. »Falls dir aber etwas an unserer feinen Unterkunft liegt, solltest du dich mit solchen Gefühlsausbrüchen etwas zurückhalten.«

»Alles klar, Chef; ich kann mein loses Maul schon halten«, antwortete Harry fröhlich und fuhr ruhig fort: »Keine Neuigkeiten aus England?«

»Keine besonderen, außer daß mein geliebter Vetter, der Marquis, letzte Woche die Ehre hatte, mit dem Prinzregenten im Buckingham-Palast zu dinieren.«

»Verflucht sei seine Seele! Hoffentlich ist er daran erstickt.«

»Diesem Wunsch möchte ich mich anschließen«, sagte Richard seufzend, »aber bekannterweise vergeht Unkraut nicht so schnell. Zweifellos verbrachte mein verehrter Vetter einen angenehmen Abend.«

»Sie hätten sich selbst an den Prinzregenten wenden sollen, Chef, und ihm die ganze Geschichte auftischen sollen.«

»Das haben wir doch längst besprochen, Harry«, antwortete Richard, und die Resignation in seiner Stimme war nicht zu überhören. »Du weißt, niemand hätte auf mich gehört. Ich war ganz allein, als ich den unglücklichen

Mr. Danby in seinem Blut liegend fand. Sie dagegen waren zu dritt und bereit, jeden Eid zu schwören, daß ich es gewesen sei.«

»Aber Sie hatten doch mit dem Armen nichts am Hut.«

»Ach, das hätten sie auch geschworen. Nein, Harry, es gibt Augenblicke im Leben, da muß man sich in das Unvermeidliche schicken. Zumindest hat der Marquis meine Schulden bezahlt und mir noch fünfhundert Pfund Reisegeld gegeben.«

»Oh, wie großzügig von ihm«, sagte Harry sarkastisch. »Eines Tages kriegt er schon noch, was er verdient.«

Richard hatte seinen Vetter, den Marquis von Glencarron, noch nie ausstehen können, und doch hatte er ihn um Hilfe bitten wollen, damals in jener Nacht. Seine Gläubiger waren immer unverschämter geworden, und so war er dem Marquis bis nach Hause gefolgt. Wie sehr hatte er seine Dummheit verflucht, die ihn sogar dazu gebracht hatte, in den dunklen Garten einzudringen! Ein Blick hatte ihm genügt, ihn sehen zu lassen, was passiert war. Charles Danby lag im Gras, und seine weiße Hemdenbrust verfärbte sich dunkel. Richard bemerkte, daß sein plötzliches Erscheinen die drei Männer störte, und dann fiel ihm ein, daß der Prinzregent seinen Vetter erst vor einem Monat davor gewarnt hatte, sich erneut zu duellieren.

Der Marquis war aber sehr aufbrausend, und es fiel ihm schwer, sich zu zügeln. Außerdem verstand er es gut, mit dem Degen umzugehen. Jetzt hatte er sich erneut hinreißen lassen, und dieses Duell konnte wohl sein letztes sein. Noch während Richard diese Gedanken durchzuckten, flüsterte der Marquis mit den bei ihm stehenden Männern, und ein verschlagener Zug erschien um seinen Mund. Schon bevor er Richard ansprach, wußte dieser, was kommen würde. Und es war in der Tat schlau, so schlau, daß Richard nichts anderes übrig blieb, als mit fünfhundert Pfund in der Tasche das Weite zu suchen, wollte er nicht wegen eines Duells angeklagt werden, an dem er nicht beteiligt war. »Wir haben glücklicherweise eine Zuflucht gefunden«, sagte er laut und verließ, ohne auf Henrys Fluchen zu hören, den Raum.

Man hatte den während des Kongresses in Wien weilenden Monarchen und ihrem jeweiligen Gefolge die schönsten Räume der Hofburg überlassen, und da der Zar mit den meisten Begleitern angereist war, hatte er sich den Löwenanteil der verfügbaren Räume gesichert. Sein privater Salon war ein entzückendes Zimmer, dessen Fenster auf die Gärten im französischen Stil hinausgingen und dessen Einrichtung von Gold und Silber glänzte.

Alexander I. war siebenunddreißig Jahre alt, aber er wirkte viel jünger. Er hatte feingeschnittene, regelmäßige Gesichtszüge und eine große, majestätische Figur. Wie einer seiner Kritiker zutreffend bemerkt hatte, war er die ideale Besetzung der Rolle, die er spielte.

Als Richard den Salon betrat, begrüßte ihn der Zar mit einem gewinnenden Lächeln und sagte mit geradezu jungenhafter Ungeduld: »Richard, ich habe eine Idee für heute abend.«

»Für heute abend, Sire?« fragte Richard.

»Ja, du weißt doch, der Maskenball. Wir werden uns alle maskieren, aber jeder weiß, daß wir Majestäten uns nicht so verkleiden, daß man nicht wüßte, wer wir sind. Ich möchte, daß du an meiner Stelle gehst.«

»An Ihrer Stelle, Sire? Ich kann Ihnen leider nicht ganz folgen.«

»Nun, beim letzten Maskenball habe ich auf alle Orden verzichtet – bis auf das Großkreuz von Schweden. Heute abend mache ich es genauso, nur daß du es an meiner Stelle und in meiner Uniform tragen wirst.«

»Ich verstehe, Sire, aber glauben Sie wirklich, wir könnten so die anderen Ballbesucher täuschen?«

»Warum nicht? Schließlich sind wir doch verwandt.«

»Aber doch nur sehr entfernt, und ich dachte eigentlich immer, ich sehe ziemlich englisch aus.«

Der Zar jedoch zog Richard in seiner Begeisterung vor den Spiegel, der in einer Ecke des Raums stand. »Sieh selbst«, befahl er.

Richard mußte zugeben, daß in der Tat eine gewisse Ähnlichkeit zwischen ihnen bestand. Sie waren beide blond und hatten die gleiche Größe und eine ähnliche Statur, besaßen das gleiche entschlossene Kinn und die feingemeißelte Nase. Nur die Augen und der Gesichtsausdruck waren sehr verschieden.

»Siehst du, was ich meine?« fragte der Zar. »Das Haar läßt sich ähnlich kämmen. Das besorgt Butinski, mein Friseur, und den Rest verbirgt die Maske. Ich habe eine etwas hellere Haut, aber da hilft sicher etwas Puder. Wenn du den Saal zusammen mit den anderen Monarchen betrittst, wird niemand Verdacht schöpfen.«

»Und Sie, Sire?« fragte Richard, dem die Idee allmählich ebenfalls gefiel.

»Heute abend werde ich tanzen können, mit wem ich will, und alle werden sie mir die Wahrheit sagen. Ich möchte wissen, was der normale Bürger in Wien von mir hält.«

»Das kann unvorhersehbare Schwierigkeiten heraufbeschwören«, sagte Richard warnend, »aber wenn es Ihnen Spaß macht, dann bin ich dabei.«

»Ich wußte, daß ich mich auf dich verlassen kann«, sagte der Zar. »Ich freue mich schon ganz schrecklich auf heute abend. Der Tag war ziemlich unangenehm. Metternich erwies sich als ziemlich widerspenstig. Ich glaube, ich bin bald der einzige der hier versammelten Herrscher und Staatsmänner, der die Ideale und Prinzipien der christlichen Freiheit hochhält.«

Richard war klar, daß Alexander wirklich glaubte, was er sagte. Den meisten Kongreßteilnehmern fiel es allerdings schwer, dem Zaren diese Rolle abzunehmen, wenn man bedachte, wie autokratisch er in Rußland herrschte.

»Weiß der Kaiser von Ihrem Plan?« fragte Richard. Er wollte von der polnischen Frage ablenken, da er das Thema schon zu oft mit dem Zaren diskutiert hatte.

Der Zar lachte. »Natürlich nicht, niemand soll davon erfahren, nicht einmal Katharina.«

»Ich schätze, ich werde die Rolle des Zaren sicher nur halb so gut spielen wie Sie die meine.«

Der Zar musterte ihn kritisch. »Vergiß nicht, noch etwas Puder aufzulegen. Ich glaube kaum, daß mir deine Sonnenbräune stehen würde.«

»Die Wiener Damen haben mir versichert, daß es an Ihrem Aussehen eigentlich nichts zu verbessern gibt.«

Der Zar lächelte. »Die Damen schmeicheln mir. Aber ehrlich, Richard, ich bin ganz stolz auf meine Idee. Wir gehen folgendermaßen vor: Sobald das Diner vorüber ist, werde ich hier heraufkommen, wohin du mir unauffällig folgst. Hier wirst du dir meine Maske und mein Kostüm anziehen. Dann verläßt du den Raum, und jeder denkt, daß ich es bin. Unten wartet die Zarin dann auf dich.«

»Sobald ich mit ihr rede, wird sie alles merken«, wandte Richard ein.

»Es besteht kein Grund, mit ihr zu sprechen«, entgegnete der Zar. »Du gehst nur an ihrer Seite zum Ballsaal. Ihr werdet spät dran sein, und die übrigen Gäste werden euch bereits ungeduldig erwarten. Sobald ihr den Ballsaal erreicht, mischst du dich unter die Tänzer.«

»Ich sehe, Sie haben an alles gedacht, Sire«, sagte Richard.

»In einem Krieg muß man selbst die kleinste Einzelheit sorgfältig bedenken«, erwiderte der Zar.

»In einem Krieg, Sire?« fragte Richard.

»Und im Frieden«, sagte der Zar rasch. »Heute abend kämpfe ich gegen die Einsamkeit an, die den Herrscher umgibt.«

»Und ich, Sire, gehe für Sie auf Abenteuersuche«, sagte Richard lachend.

3

Als die Kutsche langsam durch die engen Straßen fuhr, in denen ein reger Verkehr herrschte, fühlte Elisabeth sich plötzlich ganz jung und sehr hilfsbedürftig.

War es wirklich so klug gewesen, allein nach Wien zu fahren? Ohne Begleitung wagte sie, das Mädchen vom Lande, sich zu einem gesellschaftlichen Ereignis. Sie dachte an ihre Kleider in den großen Lederkoffern; sicher würden sie hier völlig provinziell wirken. Nur gegen den ausdrücklichen Wunsch der Schwestern ihres Vaters hatte sie sich auf den Weg in die große Stadt gemacht. Die Tanten hätten sie an der Reise gehindert, wenn dies möglich gewesen wäre, aber man konnte die letzten Wünsche ihrer Mutter nicht einfach übergehen. Bis zuletzt hatten die Tanten geunkt, daß nichts Gutes dabei herauskommen könnte.

Jetzt fragte sie sich, ob sie nicht doch recht gehabt hatten. Außer dem Fürsten kannte sie wirklich niemanden. Zugegeben, er war sehr freundlich gewesen. Immer noch war sie ganz aufgeregt, daß er sie nicht nur willkommen geheißen, sondern darüber hinaus gebeten hatte, ihm und Österreich zu helfen. Solange sie bei ihm gewesen war, hatte das auch alles sehr einfach und einleuchtend geklungen. Jetzt aber, da sie allein war, hatte sie Angst, sie könnte versagen.

Der Fürst hatte es sich so einfach vorgestellt: Sie sollte den Zaren kennenlernen, mit ihm tanzen und Konversation treiben. Nun, da sie allein war, gelang es ihr ganz und gar nicht, sich vorzustellen, wie ihr das gelingen könnte. Sie wußte ja noch nicht einmal, wie man sie im Haus der Baronin empfangen und ob sie überhaupt an dem Ball würde teilnehmen können.

Was sollte sie denn heute abend anziehen? Einen Augenblick war sie versucht, dem Kutscher zuzurufen, er solle umkehren und sie in die Sicherheit und Geborgenheit ihrer Jugend zurückfahren. Doch dann stieg vor ihrem geistigen Auge das Gesicht ihrer Mutter auf, bleich und ausgezehrt von der Krankheit, und sie hörte wieder ihre Worte: »Ich möchte, daß du ausgehst, mein Kind. Du solltest all das auch erleben, was ich in meiner Jugend hatte – durchtanzte Bälle, schöne Kleider und schöne Männer.«

»Und wo gibt es die?« hatte sie lachend gefragt. Ihr Haus lag hoch oben in den Bergen, und oft vergingen Monate, ohne daß sie jemand anderen als die Bauern der Umgebung zu Gesicht bekamen.

»Ich sehe ein, hier ist es unmöglich«, hatte Charlotte Schönborn geantwortet und sich müde in die Kissen zurückgelehnt. Aber ein paar Tage später hatte sie erneut davon angefangen. »Elisabeth, komm her und mach die Tür zu«, hatte sie gesagt.

Verwundert hatte Elisabeth gehorcht, und als sie neben die Kranke getreten war, hatte diese ihre Hand genommen. »Hör zu, mein Liebling«, hatte sie gesagt, »ich habe erfahren, daß man in Wien einen großen Kongreß einberufen wird.«

»Das weiß doch jedes Kind«, hatte Elisabeth geantwortet. »Man will einen dauerhaften Frieden schaffen.«

»Hoffentlich kommt es soweit«, hatte die Mutter geseufzt. »Aber begreifst du denn nicht, was das heißt? Man wird Bälle, Paraden, Kostümfeste und Konzerte veranstalten. Du solltest dabei sein.«

»Unmöglich. Wie soll das denn gehen?«

»Es läßt sich alles arrangieren«, hatte die Gräfin geantwortet. Sie erzählte Elisabeth genau, was sie machen sollte, schrieb mit letzter Kraft jenen Brief an den Fürsten Metternich und gab ihr schließlich den kostbaren Türkisanhänger. »Gib meinen Brief nur dem Fürsten selbst«, hatte sie gesagt. »Vertraue ihn niemand an. Diener und Sekretäre verlieren solche Dinge zu leicht oder wagen es nicht, ihre Herren damit zu behelligen. Wenn er dich nicht empfangen will, laß ihm den Türkis überbringen. Er wird ihn erkennen.«

Genauso war es gekommen. Mit Schrecken dachte Elisabeth an den Augenblick zurück, als der Fürst sie nicht empfangen wollte und sie in ihrer Verzweiflung den Anhänger auf das Tablett eines hochmütigen Lakaien gelegt hatte. Sie hatte das Gefühl eines Spielers gehabt, der seinen ganzen Besitz auf eine Karte setzt.

Das Herz war ihr vor Freude gehüpft, als der Diener zurückkehrte, um ihr zu sagen, der Fürst wolle sie doch empfangen. Noch immer spürte sie die Berührung seiner Lippen auf ihren Fingern. Nein, sie konnte ihn nicht enttäuschen. Sie preßte die Hände zusammen, um ihr Zittern zu unterdrücken.

Jetzt wurde die Kutsche langsamer und bog in die halbkreisförmige Einfahrt eines hübschen Stadtpalais ein. Der Eingang wurde geöffnet.

Elisabeth zwang sich zum Aussteigen. »Ich habe hier einen Brief für die Baronin von Waluzen«, erklärte sie.

Ein Diener in Livree und Perücke nahm den Brief entgegen, ein anderer führte sie in einen kleinen Warteraum, wo er rasch ein paar Kerzen anzündete.

Elisabeth fröstelte. Wenn die Baronin sie nun nicht empfing, wenn sie nun nicht hier bleiben konnte? Wien war voll, jedes Bett, jedes Zimmer war belegt, und unerwartete Gäste mußten oft in ihren Kutschen oder – noch schlimmer – auf einer Bank im Prater übernachten. Vor Erschöpfung begann sie zu zittern. Daß sie etwas gegessen hatte, war nur die halbe Wahrheit gewesen, denn sie war viel zu aufgeregt gewesen, um mehr als ein paar Bissen hinunterzubekommen. Aber jetzt verspürte sie großen Hunger und Durst.

Da erschien der Diener in der Tür und führte sie durch die große Eingangshalle und einen langen Gang entlang, in dem viele Ahnenbilder hingen. Schließlich öffnete er eine Tür, und sie standen in einem hellerleuchteten Zimmer.

Es war der merkwürdigste Raum, den Elisabeth je gesehen hatte. Er war vollkommen vollgestopft mit Möbeln, Porzellanvasen, Elfenbeinschnitzereien, Gläsern und Silbergefäßen, so daß man Angst haben mußte anzustoßen. Einen Augenblick dachte sie, sie befinde sich allein im Zimmer, aber dann sah sie am Kamin eine alte Frau sitzen.

Trotz ihres Alters saß sie kerzengerade in ihrem Sessel. Um Hals und Handgelenke hingen eine Unmenge von funkelnden Juwelen, und an der Hand, die sie Elisabeth entgegenstreckte, glitzerte an jedem Finger mindestens ein Ring. »Sie sind also Charlotte Schönborns Tochter«, sagte sie mit einer tiefen, rauhen Stimme, die wie das Krächzen eines exotischen Vogels klang.

»Ja, Madame«, antwortete Elisabeth und machte einen tiefen Knicks.

»Und genauso hübsch wie die Frau Mama. Ich kann mich gut an sie erinnern und an die Hochzeit mit Ihrem Papa. Ich hätte eigentlich nicht erwartet, daß sie glücklich wird – dazu war er viel zu alt für sie.«

Elisabeth wußte nicht, was sie darauf erwidern sollte, und sagte deshalb nichts, sondern stand nur vor der Baronin und bemühte sich, nicht zu auffällig die Juwelen anzustarren, die bei jeder Bewegung der alten Frau funkelten.

»Sie ähneln ihm nicht im geringsten«, sagte die Baronin mehr zu sich selbst als zu Elisabeth. »Noch dazu blaue Augen – ich frage mich ...«

»Was fragen Sie sich, Madame?« wollte Elisabeth wissen.

»Oh, ich habe wohl laut gedacht«, schreckte die Baronin hoch. »Eine entsetzliche Angewohnheit. Ich bin zu viel allein. Nun, jetzt sind Sie ja da – wenn ich richtig verstehe, sollen Sie bei mir wohnen?«

»Wenn Sie die Güte haben, mich aufzunehmen, Madame.«

Über diese Bemerkung schien sich die Baronin zu amüsieren. »Fürst Metternich wünscht es«, sagte sie, »und was er sich wünscht, das bekommt er auch. Ganz Wien gehorcht ihm. Aber das werden auch Sie sehr bald herausfinden. Jetzt sollten Sie sich aber etwas ausruhen, denn wir werden heute abend zum Maskenball gehen.«

»Sie auch, Madame?«

»Aber natürlich! Haben Sie geglaubt, Sie könnten mich ganz einfach hier lassen? Vielleicht bin ich etwas alt, aber ich bin noch nicht so alt, daß ich lieber ins Bett gehe als auf einen Ball. Ich werde noch sehr viel Zeit zum Ausruhen haben, wenn ich erst einmal im Grab liege. Ab jetzt, mein Kind, und schlafen Sie nach Möglichkeit ein bißchen.«

»Aber was soll ich bloß anziehen?« fragte Elisabeth.

Anstatt zu antworten, blinzelte die Baronin durch ein diamantenbesetztes Lorgnon auf den Brief, der in ihrem Schoß lag. »Der Fürst meint, ich soll Sie angemessen anziehen. Das kann doch nur einem Mann einfallen. Wo soll ich denn um diese Zeit ein Ballkleid herzaubern?«

»Ich habe zwei Ballkleider dabei, Madame«, sagte Elisabeth. »Eines ist aus weißer Seide und mit kleinen türkisfarbenen Knöpfen verziert. Als wir es machen ließen, erschien es mir wunderschön, aber jetzt in Wien bin ich mir nicht mehr so sicher.«

»Hat es Ihre Mutter ausgesucht?«

»Ja, Madame.«

»Charlotte hatte immer einen guten Geschmack. Ich denke, wir können uns darauf verlassen, daß es für heute abend reicht. Wenn nicht, können Sie ja immer noch ein Kostüm anziehen.«

»Wie kann ich Ihnen nur danken?« fragte Elisabeth. »Ich weiß gar nicht, was ich sagen soll.«

»Verlieren wir keine Worte, mein Kind«, erwiderte die Baronin. »Ich gehorche nur dem Fürsten, und außerdem tut es mir gut, daß ich ein junges Gesicht um mich habe.«

»Danke, Madame, vielen Dank!«

Bald darauf merkte Elisabeth, daß ihre Sorge, das Kleid

könnte den Wiener Ansprüchen nicht genügen, völlig unbegründet war. Es war einfach geschnitten, aber es stand ihr viel besser als jedes noch so prächtige Kleid. Sie legte den Türkisanhänger ihrer Mutter an, nahm die langen Abendhandschuhe in die Hand und ging.

Wenn ihr die alte Dame schon zuvor unwirklich vorgekommen war, so war ihre Erscheinung jetzt geradezu märchenhaft. Sie trug ein aufwendig gearbeitetes Kleid aus grünem Satin mit einem tiefen Ausschnitt, der ihre dünnen, blauadrigen Arme und knochigen Schultern freiließ; ihr Hals jedoch war fast nicht zu sehen unter einer Reihe von diamantenbesetzten Halsketten. Auf dem schlohweißen Haar trug sie eine mit weiteren Diamanten geschmückte Tiara.

»Sie sehen sehr hübsch aus, meine Liebe«, sagte die Baronin und fügte nach einem lauten Lachen hinzu: »Das wird den Leuten Gesprächsstoff geben. Der Frühling und der Winter Seite an Seite.«

»Tragen wir Masken?« fragte Elisabeth.

»Bei mir kann eine Maske auch nichts mehr verbergen«, antwortete die Baronin trocken, »und in Ihrem Alter sollte man so wenig wie möglich verdecken. Nur die älteren Frauen tragen eine große Maske, in der Hoffnung, doch noch einen Mann einfangen zu können. Hier ist Ihre Maske.« Dabei hielt sie ihr ein winziges samtenes Etwas entgegen, einen Stoffstreifen, in den man zwei Löcher für die Augen geschnitten hatte. »Und jetzt wollen wir zu Abend essen«, sagte die Baronin und führte Elisabeth in ein Speisezimmer.

Eine solche Mahlzeit hatte Elisabeth bisher nur im

Traum für möglich gehalten; jeder Gang zeugte vom Einfallsreichtum des Kochs und den Möglichkeiten einer herrschaftlichen Küche. Elisabeth schämte sich fast, als sie an die einfachen Mahlzeiten dachte, die es zu Hause gegeben und die sie immer köstlich gefunden hatte. Es war kein Vergleich mit dem, was sie hier vorgesetzt bekam.

Es war fast neun Uhr, als sie sich schließlich auf den Weg machten. Eine Kutsche brachte sie zur Hofburg, wo der Ball stattfinden sollte. Bald befanden sie sich in einer fast endlosen Prozession vornehmer Kutschen, die alle in die gleiche Richtung fuhren.

Elisabeth hatte der Baronin gegenüber kein Wort von ihrem besonderen Auftrag erwähnt, doch ging sie davon aus, daß die alte Dame sehr wohl wußte, daß der Fürst immer seine eigenen Pläne verfolgte.

Als sie sich der Hofburg näherten, sagte die Baronin plötzlich: »Fürchten Sie sich nicht! Leute, die sich fürchten, nützen weder sich noch anderen.«

»Ich habe keine Angst mehr«, sagte Elisabeth. »Nur kurz, bevor ich in Ihr Haus kam, wäre ich am liebsten davongelaufen.«

»Gott sei Dank haben Sie es nicht getan«, antwortete die Baronin mit der ihr eigenen Trockenheit. »Glauben Sie mir: Jeder, der Ihnen weismachen will, daß er in seinem Leben noch nie Angst gehabt hat, lügt.«

Inzwischen waren sie angekommen, und ein paar Lakaien beeilten sich, ihnen den Schlag zu öffnen und die Tritte der Kutsche herabzulassen.

Als sie den großen Tanzsaal betraten, fanden sie sich im hellen Licht von Tausenden von Kerzen. Überall standen große, mit den herrlichsten Blumen gefüllte Vasen. An den Wänden waren Stühle aufgereiht, auf denen die Gäste saßen, die gerade nicht tanzen wollten. Einige trugen Kostüme, während andere in kostbare Abendgarderoben gekleidet waren. Es gab mehrere Orchester, die abwechselnd Walzer und Polonaisen spielten. Aus den angrenzenden Räumen ertönten die Klänge eines Menuetts. Alle Anwesenden waren maskiert. Es herrschte eine ausgelassene Stimmung. Die anwesenden Frauen versuchten, ihren Partnern zu verheimlichen, ob sie vornehmer Herkunft oder gewöhnliche Kurtisanen waren. Das erste Mal in ihrem Leben sah Elisabeth Menschen, die sich wie trunken dem Tanz hingaben.

Die Baronin ging voraus, und Elisabeth bemerkte, daß man die alte Dame trotz ihrer Maske aus grünem Satin erkannte. Die Leute sprachen sie von allen Seiten an, einige respektvoll, andere vertraut wie alte Bekannte.

»Ich erwähnte gerade«, sagte ein Mann, wobei er seinen Freunden zublinzelte, »daß ein Ball ohne Sie, verehrte Baronin, einfach unvollkommen bliebe.«

»Weder als Schmeichler noch als Witzbold haben Sie sich je hervorgetan, mein lieber Graf«, fertigte die Baronin den Vorwitzigen kurz ab und ging weiter, bevor diesem eine Erwiderung einfiel. Schließlich setzte sie sich auf einen Sessel im rückwärtigen Teil des Saals, der anscheinend für die höhergestellten Teilnehmer reserviert war, und bevor Elisabeth die Frage stellen konnte, die sie als einzige interessierte, tat ihr jemand den Gefallen. »Sind die Majestäten schon hier?« fragte eine Frau in gelbem Kostüm.

»Ich glaube, da kommen sie gerade«, antwortete ihr Begleiter, ein großer Mann mit rotem Bart.

»Woher wissen Sie das?« fragte die Frau.

»Sie wollen sich zwar unter das Volk mischen«, erwiderte der Begleiter, »lassen aber keinen Zweifel daran, daß dies eine Herablassung ist. Schauen Sie sich nur den König von Preußen an. Bei solchen Gelegenheiten benimmt er sich wie ein Bulle, der auf eine Herde Kühe stößt.«

»Pst, pst«, rief die Frau in Gelb rasch.

In Elisabeths Ohr war auf einmal eine Stimme. »Der Zar«, flüsterte sie, »trägt einen schwarzen Mantel mit silbernen Spangen und darunter eine weiße Uniform mit einer einzigen Auszeichnung.«

Die Stimme war so leise, daß Elisabeth einen Augenblick ihren Ohren nicht traute. Als sie sich rasch umblickte, sah sie noch ein Affenkostüm, das sich eilig von ihr entfernte und in der bewegten Menge verschwand.

Die Baronin hatte offensichtlich nichts bemerkt. »Da drüben tanzt die Herzogin von Oldenburg«, rief sie. »Sie glaubt, sie ist verkleidet, aber diese Perlen würde ich auf der ganzen Welt wiedererkennen.«

»Heißt das, daß der Zar auch da ist?« fragte Elisabeth.

»Ich denke schon«, antwortete die Baronin uninteressiert.

Gerade als Elisabeth versuchte, in der Menge die beschriebene Figur auszumachen, verbeugte sich ein Clown mit einer bunten Maske vor ihr. »Schöne Nymphe, schenk mir diesen Tanz. Verweigerst du ihn mir, so sterbe ich.«

Ohne auf die Erlaubnis der Baronin zu warten, nahm Elisabeth die Aufforderung an, denn sie verschaffte ihr die erhoffte Gelegenheit, sich im Saal umzusehen und vielleicht den Zaren zu finden. Noch wußte sie jedoch nicht, was sie dann tun würde.

Eine wilde Polonaise zog sie mit sich, und ihr Partner schwenkte sie wild im Kreis herum, als sie plötzlich den Zaren erblickte. Sie sah einen schwarzen Mantel mit silbernen Spangen, der gerade so weit zurückgeschlagen war, daß jedermann die funkelnden Diamanten auf der weißen Uniform sehen konnte.

Mit einer Geschicklichkeit, die sie sich nicht zugetraut hätte, entwand sich Elisabeth den Armen ihres Tanzpartners, verlor ihn sofort in dem Getümmel und strebte eiligst auf die Stelle zu, wo sie den Zaren erblickt hatte.

Richard Melton fühlte sich etwas unbehaglich in seiner Rolle. Der Uniformrock des Zaren war ihm zu eng, und außerdem paßte ihm die ganze Situation nicht. Sich in Gesellschaft zu bewegen, hatte Richard noch nie Vergnügen bereitet, und dieser Abend war keine Ausnahme. Noch dazu hatte man ihn beim Abendessen nicht neben Katharina gesetzt, sondern zwischen zwei langweilige Hofdamen.

Richard betrat deshalb ziemlich mißgelaunt den Ballsaal. Die Dienstbeflissenheit der Lakaien und die tiefen Knickse der Hofdamen, die in ihm den Zaren zu grüßen glaubten, entlockten ihm freilich ein spöttisches Lächeln. Ein Blick in einen der Wandspiegel hatte ihm gezeigt, daß der Friseur des Zaren ganze Arbeit geleistet hatte. Er sah tatsächlich wie der Herrscher aus.

Ich frage mich, wie lange ich das ertragen muß, dachte er

beim Betreten des Ballsaals. Er wollte nicht tanzen, sondern etwas trinken und wandte sich deshalb an einen der Erfrischungstische, als er plötzlich eine Hand auf seinem Arm spürte und eine zarte Stimme sagen hörte: »Vorsicht, Sie treten auf meinen Fächer. Oh, jetzt ist er kaputt.«

Er bemerkte etwas zu seinen Füßen, und als er hinunterblickte, sah er, daß da der in zwei Hälften zerbrochene Perlmuttgriff eines Fächers lag. Er hob ihn auf und blickte gleich darauf in ein kleines, herzförmiges Gesicht mit zwei sehr blauen Augen hinter einer winzigen schwarzen Samtmaske. Er fragte sich, ob er es schon einmal gesehen habe, kam aber zu dem Schluß, daß das nicht der Fall sein konnte. »Ich kann ihn reparieren lassen.«

»Geht das denn?«

»Aber natürlich. Ich kenne da einen Handwerker in der Stadt, der alles reparieren kann – gebrochene Herzen ausgenommen.«

Ein Lächeln huschte über ihr Gesicht, und auf der linken Wange erschien ein kleines Grübchen.

»Kommen Sie dort hinüber. Dort können wir miteinander sprechen«, schlug er vor. »Oder möchten Sie lieber tanzen?«

»Könnten ... könnten wir tanzen?«

»Aber natürlich.« Er legte den Arm um sie. Sie ließ sich bewegen wie eine Feder. Er hatte nicht geglaubt, daß jemand so leicht sein könnte.

Das Orchester spielte einen Walzer, und sie drehten und drehten sich und redeten kein einziges Wort. Als die Musik schließlich endete, befanden sie sich genau am

Eingang zu einem schwach beleuchteten Vorraum, in dem hinter einer Blumendekoration zwei leere Stühle standen.

»Setzen wir uns doch«, bat Richard.

Sie folgte ihm, doch als er sie ansah, senkte sie scheu den Blick.

»Erzählen Sie mir von sich«, sagte er freundlich. »Wer sind Sie?«

»Ich heiße Elisabeth«, antwortete sie. »Mehr sollte ich auf einem Maskenball wohl nicht verraten?«

»Natürlich nicht«, sagte er rasch, denn schließlich durfte auch er seine Identität nicht preisgeben. »Aber sagen Sie mir doch, warum ich Sie noch nie gesehen habe.«

»Das ist einfach. Ich bin erst heute in Wien angekommen.«

»Erst heute? Dann sagen Sie mir doch, was halten Sie von diesem Kongreß?«

»Heute abend wirkt der Kongreß auf mich wie ein zauberhafter Walzer«, antwortete sie.

»Das ist eine schöne Beschreibung«, antwortete er.

Sie sah ihn jetzt an, und ihre Blicke trafen sich.

»Elisabeth! Ich finde den Namen sehr schön«, sagte Richard nachdenklich.

»Ich glaube, Namen haben eine besondere Bedeutung.«

»Ich wünschte, ich könnte Ihnen meinen verraten«, sagte Richard, »aber heute abend geht das nicht.«

»Nein, heute abend nicht«, antwortete sie, und er sah, wie sie auf die Diamanten schaute, die unter seinem Mantel hervorschimmerten. Er ergriff ihre Hand und sagte: »Sie sind sehr schön, Elisabeth. Bin ich der erste, der Ihnen das sagt?« Er spürte, wie ihre Hände zitterten.

»Ja«, hauchte sie.

»Ich glaube, wir sollten Ihre Ankunft in Wien feiern.«

»Wie meinen Sie das?«

Er zögerte kurz, bevor er darauf antwortete, und sagte dann: »Wir machen uns davon und nehmen irgendwo einen kleinen Imbiß ein.« Er spürte, daß sie Angst hatte, und fuhr fort: »Ich bringe Sie sicher zurück. Ich verspreche es.«

»Sie versprechen es?«

Es war die Frage eines Kindes, das sich im Dunkeln fürchtet und Sicherheit sucht.

»Ich verspreche es«, wiederholte er mit fester Stimme.

4

Am Eingang der Hofburg nahmen sie eine Kutsche, um zu einem der kleinen Restaurants in der Nähe des Praters zu fahren.

In der Nähe des Eingangs lag ein Mann, der dem Wein offensichtlich zu sehr zugesprochen hatte. Er schlief seinen Rausch auf einem der kostbaren Sofas aus, die dort unter den Porträts der kaiserlichen Ahnen standen. Schnell hatte Richard ihm den weiten dunkelblauen Überwurf, den man bis zur Taille zuknöpfen konnte, abgenommen. Auf diese Art konnte er sich ganz unkenntlich machen. Elisabeth schien zuerst etwas verwundert über seine rasche Verwandlung, dann jedoch lächelte sie.

»Wir wollen doch nicht, daß jedermann merkt, daß wir den Ball so rasch verlassen haben«, erklärte Richard mit Verschwörermiene.

»Natürlich nicht!« antwortete sie und dachte dabei besorgt an die Baronin. Was würde sie wohl sagen, wenn sie entdeckte, daß ihre Schutzbefohlene verschwunden war? »Es dauert ja nicht lang, oder?« fragte sie ein wenig ängstlich.

»Sie können mir vertrauen«, beruhigte Richard sie, bot ihr den Arm und führte sie durch die große Eingangshalle zu der wartenden Kutsche hinaus.

Wie Richard erwartet hatte, befanden sich nur wenige Gäste in dem Restaurant. Es war auch nicht sehr wahrscheinlich, daß sie erkannt werden würden, denn die Tische waren durch Weinlaub voneinander getrennt, und man konnte in Ruhe essen und trinken. Eine kleine Kapelle spielte fröhliche Melodien. Elisabeth rief aus: »Wie schön es hier ist! Wie heißt dieses Lokal?«

»Zum Rebstock«, sagte Richard. »Ich werde uns jetzt etwas zu essen bestellen und außerdem von dem Wein, dessentwegen dieses Restaurant berühmt ist.« Als der Kellner gegangen war, sagte er zu ihr: »Bitte nehmen Sie doch die Maske ab. Ich möchte so gern Ihr Gesicht sehen.«

Gehorsam öffnete sie das kleine Bändchen, das die Maske am Hinterkopf zusammenhielt.

Er hatte wohl erwartet, daß sie hübsch sei, aber auf das, was er jetzt zu sehen bekam, war er nicht gefaßt. Die ungewöhnliche Kombination von himmelblauen Augen, rotgoldenem Haar und dunklen, langen Wimpern faszinierte ihn und erinnerte ihn an einen englischen Frühlingstag. Noch nie in seinem Leben hatte er etwas so Junges, so Frisches und so Bezauberndes gesehen. Einen Augenblick war er sprachlos, und sein Schweigen machte sie ganz verlegen.

Nervös fragte sie: »Warum sehen Sie mich so an?«

»Ich habe gerade gedacht, daß Sie so völlig anders sind als die anderen Frauen, die ich kenne.«

»Ist das ein Kompliment?«

»Aber natürlich. Wollen Sie denn nicht anders sein als die anderen?«

»Darüber habe ich nie nachgedacht. Ich fürchte, ich weiß überhaupt nicht viel von der Welt. Ich sagte Ihnen schon, daß ich erst seit heute in Wien bin.«

»Und warum sind Sie auf den Ball gekommen?«

»Bevor meine Mutter starb, legte Sie mir ans Herz, genau wie die anderen Mädchen auf Bälle und Empfänge zu gehen.«

»Nun jetzt waren Sie auf einem. Was halten Sie davon?«

»Ach, wären doch nur alle so schön wie dieser!«

Ihre frische Unmittelbarkeit ließ ihn lächeln. »Ich wünschte, ich könnte Ihre Hoffnung teilen, aber ich fürchte, mit der Zeit werden Sie sie langweilig finden, aus dem einfachen Grund, weil der eine genauso ist wie der nächste. Ich finde, alles wird schal, wenn man es zu gut kennt.«

»Alles?« fragte sie.

»Alles«, antwortete er entschieden, »sogar Menschen.«

»Nein, nein, das ist nicht wahr. Menschen, die man liebt, werden immer interessanter. Man schätzt sie mehr und nicht weniger.«

»Sie haben bisher großes Glück gehabt bei der Wahl Ihrer Freunde – oder sollte ich sagen: Liebhaber?«

Lachend erwiderte sie: »Ich habe keinen Liebhaber. Sie sind der erste Mann, mit dem ich allein bin, abgesehen von meinem Vater.«

»Ist das wirklich wahr?« fragte Richard ungläubig. Er dachte an die Frauen, die er kannte – die lebenslustigen jungen Damen Londons, die zehn Verehrer an jedem Finger zu haben schienen.

»Sie können mir glauben«, versicherte ihm Elisabeth. »Ich sage immer die Wahrheit.«

»Immer?«

»Aber natürlich. Lügen ist schlecht und außerdem unbequem.«

»Vielleicht hatten Sie noch nie ein Geheimnis!«

Sie errötete und wandte rasch den Blick ab, denn zum ersten Mal in ihrem Leben hatte sie ein Geheimnis: ein großes, schreckliches Geheimnis, das man ihr sicher ansah.

In diesem Augenblick kam glücklicherweise der Kellner mit dem Essen, und sie konnte sich nun darauf konzentrieren. Es machte ihr aber in zunehmenden Maße Spaß, sich mit dem Mann an ihrer Seite zu unterhalten. Wie hatte sie jemals glauben können, daß ein Kaiser anders war als ein gewöhnlicher Sterblicher?

Er hatte seine Maske immer noch nicht abgenommen, und sie nahm an, dies geschehe deshalb, weil er nicht erkannt werden wollte. Deshalb verlor sie auch keine Bemerkung darüber. Für ihn war sie eigentlich ein Nichts, und trotzdem bemerkte sie, daß er sie aufmerksam beobachtete. Zum ersten Mal in ihrem Leben wurde ihr bewußt, daß sie eine Frau war.

Der Wein schmeckte ausgezeichnet, und obwohl sie nicht hungrig war, zwang sie sich, ein paar Bissen von den köstlichen Speisen, die er bestellt hatte, zu essen.

»Erzählen Sie mir mehr von sich«, sagte er jetzt, und sie dachte, daß der leichte Akzent in seinem Deutsch ihm eine besonders anziehende Note verlieh.

»Es gibt von mir wenig zu erzählen«, antwortete sie. »Könnten Sie mir nicht von sich berichten? Sie haben mich gefragt, was ich von dem Kongreß halte – nun, was halten denn Sie davon?« Diese Frage kam ihr im Hinblick auf den Auftrag, den sie von dem Fürsten Metternich erhalten hatte, besonders klug vor.

Ihr Begleiter jedoch lachte nur. »In Wien über den Kongreß zu reden ist ungefähr genauso banal wie in England über das Wetter.«

»Reden denn die Leute die ganze Zeit darüber?«

»Die ganze Zeit«, versicherte er feierlich. »Außer wenn sie gerade über die neuesten Liebesaffären spekulieren.«

»Hat man denn für Liebesaffären überhaupt noch Zeit bei all diesen politischen Geschäften?«

»Aber darum geht es doch bei ihnen«, erwiderte Richard. »Ich meine natürlich nicht die Minister – die müssen schon etwas tun. Nicht daß sie das Vergnügen ganz vergessen, o nein – aber die Herrscher und ihr Gefolge, die sind doch nur zum Vergnügen hier. Und was könnte vergnüglicher sein als die Liebe?«

Seine Worte klangen zynisch, fast verbittert, und Elisabeth machte ein bekümmertes Gesicht.

»Was ist los?« fragte er.

»Das verstehe ich nicht ganz«, antwortete Elisabeth. »Ich meine, man sollte mit der Liebe nicht spielen. Für mich war die Liebe immer etwas... Heiliges.«

Richard saß einen Augenblick lang schweigend da und dachte an die vielen kurzlebigen Affären, in die alle am Kongreß Beteiligten verwickelt waren. Sie spielten dieses Spiel alle mit der gleichen Gier und der gleichen Sucht nach dem Nervenkitzel. Auch er war da keine Ausnahme. Seine Affäre mit Katharina diente doch nur der kurzfristigen Stillung seines Verlangens – nicht mehr und nicht weniger. Es bedurfte anscheinend dieses einfachen Mädchens, damit er die Wahrheit erkannte.

Dann jedoch lachte er über sich. Was sollte denn diese Rührseligkeit? Gab es denn überhaupt etwas anderes im Leben als die Suche nach dem Vergnügen? Die Liebe, von der Elisabeth sprach, gab es doch nur im Märchen. Und was die Heiligkeit betraf, so hatte er in seinem Leben viele Frauen kennengelernt, aber an keiner einzigen etwas Heiliges entdeckt. Dennoch wollte er Elisabeth nicht verletzen. »Erzählen Sie mir mehr von dieser Art Liebe«, sagte er. »Ich fürchte, ich verstehe davon genauso wenig wie Sie von den Geschäften des Kongresses.«

Sie spürte, daß er sich über sie lustig machte, und verschloß sich sofort. Mit einer Gewandtheit, die er ihr nicht zugetraut hätte, sagte sie: »Ich sollte Sie mit meinem Geschwätz nicht langweilen.«

Nun bedauerte er seine unüberlegten Worte. »Verzeihen Sie mir! Ich meinerseits verstehe nicht viel von Ihrer Welt. Vielleicht aber ist die Ihre die wahrhaftigere.«

Diese Worte lösten ihre Verstimmung. Sie mußte daran denken, daß er als Zar von den alltäglichen Problemen und Sorgen der Menschen keine Ahnung haben konnte.

»Verraten Sie mir, was Sie denken«, bat er sie.

»Ich weiß nicht, wie ich es sagen soll«, antwortete sie langsam, »aber ich habe immer davon geträumt, eines Tages einen Mann zu lieben, der meine Liebe erwidert. Dann würde ich mein Leben damit verbringen, ihn glücklich zu machen. Es kann doch nicht so schwer sein, in dieser Aufgabe ganz aufzugehen, wenn man den anderen nur genug liebt.«

»Glauben Sie, einen Mann finden zu können, der diese Selbstlosigkeit verdient?«

»Der Mann, den ich liebe, muß sie verdienen, sonst würde ich ihn doch nicht lieben«, antwortete sie, und das Lächeln in ihrem Gesicht erschien ihm auf einmal als das Schönste, was es auf Erden gab.

»Ich bin versucht zu glauben, daß Träume wahr werden können«, sagte er.

»Das kann hier doch nicht so schwer sein«, sagte sie zärtlich. Sie blickte ihm geradewegs in die Augen, und kurz schien die Welt still zu stehen. Die Klänge eines Walzers füllten den Raum. Der Augenblick war wie verzaubert. Da überkam ihn das Verlangen, sie in seine Arme zu schließen, sie fortzubringen, fort von Wien, fort von den Menschen mit ihrem Geschwätz, irgendwohin, wo sie ganz ungestört sein konnten.

Dann verklang die Musik, und er fand sich in der harten Wirklichkeit wieder. Er erinnerte sich an seine Stellung hier in Wien, an seine Verpflichtung dem Zaren gegenüber, an die Rolle, die er heute abend hätte spielen sollen. »Wir müssen gehen.« Er rief den Kellner an ihren Tisch und verlangte die Rechnung.

»Schon?« fragte Elisabeth enttäuscht.

»Die Leute werden sich fragen, wo wir geblieben sind.«

»Natürlich.«

Doch als sie sich die Maske aufsetzen wollte, nahm Richard ihre Hand. »Können wir uns wiedersehen?« fragte er.

»Wenn Sie es wünschen«, erwiderte sie.

»Ich wünsche es mehr als alles andere auf der Welt«, sagte er, überrascht über seine eigene Ernsthaftigkeit.

»Ich wohne bei der Baronin von Waluzen«, antwortete Elisabeth, »und mein Name ist Schönborn, Gräfin Elisabeth Schönborn.«

»Wir werden uns wiedersehen, wenn möglich schon morgen.«

Bei diesen Worten leuchteten ihre Augen auf, und er wußte, daß sie froh war, genauso froh wie er selbst. Er hielt noch immer ihre Hand. »Glauben Sie, daß wir diesen Abend je vergessen können?« fragte er leise.

»Ich werde ihn nie vergessen!«

Sie sahen sich schweigend an, bis sie den Blick senkte, was für ihn das Signal zum Aufbruch war. Sie verließen das Restaurant und stiegen in die Kutsche, die auf sie gewartet hatte. Als sich die Tür schloß und sie in der Dunkelheit nebeneinander saßen, sagte er: »Ich werde mich ebenfalls immer an diesen Abend erinnern.«

Und dann, noch bevor er Zeit hatte, darüber nachzudenken, fand er sie in seinen Armen. Ihre Lippen waren weich und zärtlich. Der Kuß war anders als alle Küsse, die er gegeben oder empfangen hatte – und er hatte oft geküßt, gierig und leidenschaftlich. Als wäre die Kutsche geflogen, befanden sie sich auf einmal am Tor der Hofburg.

Es blieb keine Zeit, noch etwas zu sagen. Ein Diener öffnete die Wagentür und half Elisabeth beim Aussteigen. Richard folgte ihr, bezahlte den Kutscher, und als er sich wieder nach ihr umdrehte, war sie verschwunden. Sie wartete auch nicht auf ihn in der hellerleuchteten Eingangshalle, und auch in den Gängen, die zu den Ballsälen führten, konnte er sie nirgends entdecken.

Einen Augenblick überlegte er, ob er sie suchen sollte, aber dann erinnerte er sich an seine Verpflichtungen. In einer der Toiletten legte er den Überwurf ab. Schließlich schlenderte er ganz gelassen in den Hauptsaal zurück und stellte sich auffällig an eine der Türen.

Die Tänzer tanzten noch immer, und offensichtlich hatte der Wein die fröhliche Stimmung kräftig angeheizt. Richard fragte sich gerade, ob sich wohl der Zar ebenso amüsierte wie die Tänzer, als ihn eine Hand am Ärmel zupfte und er Katharina sagen hörte: »Wo bist du gewesen, Richard? Der Zar hat nach dir gesucht.«

»Ist er noch da?« fragte Richard.

»Er hat sich zurückgezogen. Du sollst sofort zu ihm kommen.«

»Zu Befehl«, sagte Richard ironisch. »Darf ich Ihnen mein Geleit anbieten, Madame?« Er bot ihr mit übertriebener Galanterie seinen Arm.

»Ich habe dich so lange nicht gesehen«, sagte sie, als sie sich durch die Menge nach draußen gekämpft hatten.

»Woher wußtest du, daß ich nicht der Zar bin?«

»Eine Frau läßt sich nicht täuschen«, antwortete sie.

»Jemand hat es dir gesagt«, meinte Richard. »Ich glaube nicht, daß du es erraten hast. Der Zar hat sich getäuscht, als er glaubte, er könnte der Überwachung entgehen.«

»Es weiß davon niemand außer mir«, sagte Katharina. »Bist du mir böse?« Ihre Stimme war zärtlich und verführerisch. Als sie die große Treppe hinaufstiegen, versuchte sie, seine Wange zu streicheln.

Er wandte das Gesicht ab. »Du weißt, daß ich dieses Spionieren hasse«, sagte er.

»Du gäbst einen prächtigen Zaren ab, mein Liebling.«

Darauf gab Richard keine Antwort. Sie standen jetzt in der Nähe der kaiserlichen Gemächer.

»Kommst du auch mit herein?«

»Nein, ich gehe in mein Zimmer.«

»Es könnte sein, daß der Zar mich aufhält«, sagte er und trat durch die bewachte Tür.

Als sie in den Ballsaal zurückkam, lief Elisabeth zuerst zu der Stelle, wo sie die Baronin zuletzt gesehen hatte. Sie war beunruhigt, als sie sie dort nicht entdecken konnte; vielleicht war die alte Dame so verärgert gewesen, daß sie heimgefahren war. Dann fiel ihr ein, daß jemand, der nicht tanzte, sich wohl eher in den Büffeträumen aufhielt. Rasch ging sie von einem Zimmer zum anderen, bis sie sie endlich fand. Die Baronin saß zusammen mit einer Reihe anderer vornehmer Damen und Herren an einem Tisch und naschte gerade von einem Tellerchen mit Kaviar. Als Elisabeth auf sie zutrat, blickte die Baronin sie leicht fragend an, aber ihre Worte verrieten nichts Ungewöhnliches: »Amüsieren Sie sich, mein Kind?«

»Ja, Madame.«

»Sind Sie bereit heimzufahren?«

»Ja, Madame.«

»Gut, dann reichen Sie mir bitte Ihre Hand.«

Elisabeth tat, wie sie geheißen wurde. Sie wußte, daß sie der Mittelpunkt des Interesses war, doch die Baronin stellte sie nicht vor, und so gingen sie langsam – die alte Dame stützte sich auf ihren Arm – zur Treppe, die in die Eingangshalle der Hofburg führte. Erst als sich die Baronin scheinbar ermüdet in die weichen Kissen ihrer Kutsche sinken ließ, sagte sie wie beiläufig: »Ich habe Sie mit dem Zaren tanzen sehen. Wie finden Sie seine Gesellschaft?«

»Sehr angenehm«, antwortete Elisabeth. »Wie haben Sie ihn erkannt?«

»Ich bin kein Dummkopf«, erwiderte die Baronin. »Außerdem legt es der Zar darauf an, erkannt zu werden. Das weiß jeder in Wien.«

Damit war das Thema beendet, obwohl Elisabeth spürte, daß die Baronin sehr gern Genaueres gewußt hätte. Als sie zusammen die Treppe zu ihren Schlafzimmern hinaufstiegen, hörte sie, wie die alte Dame fast unhörbar sagte: »Sie sind jung – viel zu jung für dieses Spiel.«

Elisabeth wünschte ihrer Gastgeberin eine gute Nacht, und als sie im Bett lag, dachte sie an den Zaren.

Er hatte sie geküßt. Sie konnte immer noch seine Lippen auf den ihren spüren. Die Zeit war stillgestanden. Sie wußte nicht, wie lange er sie in seinen Armen gehalten hatte, aber es war, als hätte er ihr dabei das Herz geraubt.

Es war alles so unerwartet geschehen, und dennoch erschien es ihr, als wäre der ganze Abend nur ein Vorspiel für diesen einen Augenblick gewesen.

Aber er hatte doch eine Frau und eine Geliebte. War sie, Elisabeth, denn total verrückt geworden?

Fürst Metternich hatte ihr gesagt, sie solle mit dem Zaren tanzen. Sie hatte gehorcht, aber der Zar hatte ihr nicht das Geringste erzählt, was für einen Außenstehenden von Interesse war.

Die Baronin hatte ganz recht. Sie war zu jung für diese Dinge. Sie ließ sich von ihren Gefühlen anstatt von ihrem Verstand leiten.

Und wieder dachte sie an die zwei Augen, die sie durch die Schlitze einer Maske ansahen, und an ein Lippenpaar, das sie in ungeahnte Erregung versetzte.

5

Richard erwachte mit dem Gefühl, alles nur geträumt zu haben, aber als er sich in seinem Zimmer umsah, fiel sein Blick auf Elisabeths Fächer, der auf einer Kommode lag. Er seufzte erleichtert auf und lehnte sich zurück. Vom Bett aus konnte er die zerbrochenen Perlmuttgriffe sehen, die im Sonnenschein glänzten, der durch die Fenster fiel. Er hatte gestern abend die Vorhänge zurückgezogen, die schweren Fensterläden geöffnet und sich lange den sternenübersäten Nachthimmel angesehen.

Er mußte daran denken, daß der ganze gestrige Abend verzaubert gewesen war. War das Mädchen, das er da zufällig im Ballsaal getroffen hatte, wirklich so schön, wie er es in Erinnerung hatte?

Sein ganzes Leben lang war er auf der Jagd nach Frauen gewesen, aber meistens folgte auf das Erreichen des Ziels eine herbe Enttäuschung: Die Schönen waren unerträglich dumm, und die Klugen fand er bisher immer ein bißchen abstoßend, wenn er sie näher kennenlernte.

In London war es en vogue gewesen, sich höchst gelangweilt zu geben. Man hatte darin gewetteifert, selbst bei den gelungensten Amüsements zu gähnen, und immer wieder beteuerten die jungen Dandys, daß sie vor Langeweile noch umkommen würden. Hier in Österreich war alles ganz anders. In den Wochen, seit er in Wien lebte, hatte er die meiste Zeit mit der witzigen, kapriziösen, amüsanten Katharina verbracht. Er hatte noch nie zuvor eine Frau gekannt, die großzügiger mit ihren Gunstbeweisen umging – aber es war doch nur eine weitere Affäre.

Der gestrige Abend aber war anders gewesen, so anders, daß es ihm bei Tageslicht schwerfiel, ihn für wirklich zu halten. Er zog an der Glocke neben seinem Bett, aber es verging einige Zeit, bis Harry das Zimmer betrat.

»Ziemlich früh auf, Chef«, sagte er fröhlich.

»Wie spät ist es?« erkundigte sich Richard.

»Halb elf, und ich sagte gerade noch zu Fanny: ›Wird wohl Mittag werden, bis der Chef die Augen aufmacht, oder ich will einen Besen fressen.‹« Er fing an, die Kleidungsstücke aufzusammeln, die Richard in der Nacht zuvor im Zimmer verstreut hatte. »So wie Sie aussehen, gab's gestern wohl nichts zu trinken«, fügte er hinzu.

»Das reicht, Harry«, sagte Richard. »Ich weiß gar nicht, warum ich mir deine ständigen Frechheiten eigentlich bieten lasse.«

Harry grinste unverschämt. »Ich hole rasch das Rasiermesser und heißes Wasser. Ihre Hochwohlgeborene erwartet Sie zum Frühstück. Also sollten Sie sich fein herausputzen.«

Er ging hinaus, und Richard hörte ihn ein Liedchen pfeifen, als er den Gang entlangging. Er konnte ein Lächeln nicht unterdrücken. Es hatte keinen Zweck, mit Harry böse zu sein. Er war kein gewöhnlicher Diener, und es würde wohl auch keiner mehr aus ihm werden.

Ursprünglich hatte Richard ihn als Stallknecht angestellt, zu einer Zeit, als er sich Pferde und die dazugehörigen Bediensteten noch leisten konnte. Als sich seine Situation verschlechterte, waren die Bediensteten einer nach dem anderen verschwunden, nur Harry war geblieben. Dieser nahm alles geduldig hin und war geradezu rührend anhänglich. Es hatte ihn auch nicht gestört, daß er nur unregelmäßig seinen Lohn ausgezahlt bekam oder daß er Mädchen für alles sein mußte. Sein Herz trug er jedoch auf der Zunge, und es gab niemanden, der es ihm abgewöhnen konnte.

Richard fürchtete manchmal, daß er Harry eines Tages mit durchgeschnittener Kehle vor seinem Zimmer finden würde. Gleichzeitig schätzte er sich glücklich, ihn bei sich im Exil zu haben. Harry verband ihn mit England, dem einzigen Land, wo Richard leben wollte und nicht leben konnte.

Er bemühte sich, eine aufkommende Verzweiflung niederzukämpfen. Mußte er den Rest seines Lebens damit verbringen, von einer Hauptstadt zur anderen zu reisen, sich von Fürsten aushalten zu lassen oder gar sich sein Abendessen damit zu verdienen, daß er die erotischen Wünsche älterer Damen erfüllte? Der Gedanke machte ihm Angst, und plötzliches Heimweh erfüllte ihn. Rasch trat er an das offene Fenster.

Unten lag ein Hof, an den sich die Gärten der Hofburg anschlossen. Man konnte mehrere Springbrunnen, eine Reihe alabasterfarbene Statuen und in der Ferne einen kleinen Tempel erkennen. Richard hingegen sah vor seinem geistigen Auge den unebenen, schlecht geschnittenen Rasen seines Hauses in Hertfordshire, die anschließende Parklandschaft mit dem Forellenbach und jenseits davon den dichten Wald mit den Fasanen. Was sollte er hier auf den Maskenbällen und Empfängen? Alles, was er wollte, war der Wind im Gesicht, der Geruch der Erde in der Nase und der Klang der Jagdhörner im Ohr.

Das Geräusch der Tür, die Harry mit dem Fuß aufgetreten hatte, unterbrach seine Träumereien. Harry trug einen Krug mit heißem Wasser in der einen und eine Rasierschüssel in der anderen Hand. »Habe gerade einen der schlitzäugigen Sklaven von Ihrer Hochwohlgeboren im Gang getroffen«, sagte er. »Sie sollen Dampf machen und hinüberkommen.«

»Dann rasier mich rasch«, sagte Richard und wandte sich vom Fenster ab. »Aber nicht daß deine Hand wieder so zittert wie gestern. Wenn du mich schneidest, mach' ich dich einen Kopf kürzer.«

»Das lag nur an diesem Gesöff, das mir die Russen gaben. Wodka oder so ähnlich nennen sie es. Schaut aus wie Gin, schmeckt wie Spülwasser, und kaum hat man es im Magen, schlägt es aus wie ein störrisches Maultier. Ich war so besoffen, daß ich dachte, mir zerspringt der Schädel, als ich aufwachte. Ich glaube, ich halte mich in Zukunft besser an Bier, obwohl man auch davon hier kein anständiges kriegt.«

»Weißt du, Harry, du bist einfach ein undankbarer Bursche«, sagte Richard.

»Undankbar? Wieso?«

»Nun, die meisten Leute würden sich ein Bein ausreißen, nur damit sie zur Zeit in Wien sein könnten. Du aber hängst im Schloß des österreichischen Kaisers herum und stänkerst die ganze Zeit.«

Verächtlich zog Harry die Nase hoch. »Kaiser, Könige, Fürsten und die ganze andere Bagage mögen 'ne Menge Kohle haben, aber sie sind doch auch bloß Menschen wie du und ich. Wenn man sie sticht, bluten sie.«

»Ich steche dich gleich, wenn ich blute«, gab Richard zurück. »Hast du mich etwa geschnitten?«

»I wo«, antwortete Harry fröhlich. »Aber jetzt bleiben Sie still sitzen; sie mag es sicher nicht, wenn Sie aussehen wie ein Igel.«

»Wer mag es nicht?« fragte Richard, der nur halb zuhörte.

»Ihre Hochwohlgeborene natürlich. Sie gehen zum Frühstück zu ihr. Schon wieder vergessen?«

»Wer sagt, daß ich das tue?«

»Ist doch ein Befehl, oder? Die läßt sich nicht abwimmeln. Vergessen Sie nicht, Chef, die fünfhundert Goldstücke, oder was davon noch übrig ist, werden auch nicht ewig reichen.«

»Verdammt, Harry! Mußt du mir immer wieder meine Armut vorhalten?« fragte Richard. »Du scheinst zu vergessen, daß ich das erste Mal seit vielen Jahren wieder flüssig bin. Meine Kleider sind bezahlt und dein Lohn auch. Finanziell ist es uns noch nie besser gegangen.«

Harry setzte die Rasierschüssel auf den Tisch. »Das ist alles gut und schön«, sagte er ruhig, »aber diesmal haben wir keinen Ausweg mehr, wenn alles aus ist.«

»Das weiß ich selber gut genug!« rief Richard zornig.

Das folgende Schweigen sagte mehr als tausend Worte. Richard konnte nichts dafür, daß der Besitz in traurigem Zustand war; sein Vater hatte alles verspielt. Auch wenn das Vermögen der Familie nicht besonders groß gewesen war, so hätte man damit doch ganz bequem leben können; aber das verfluchte Kartenspiel hatte alles zunichte gemacht. Richard hatte nur einen Haufen Schulden geerbt.

Es galt, sich den Tatsachen zu stellen. Er befand sich in der Hofburg auf Kosten des Zaren von Rußland. Langsam zog er das weiße Seidenhemd an, das Harry ihm reichte, steckte seine Beine in die engen, maßgeschneiderten Hosen und schlüpfte schließlich in den dunkelblauen Morgenmantel. Jetzt mußte man schon genau hinschauen, wollte man immer noch die Ähnlichkeit mit dem Zaren erkennen, die gestern abend so deutlich hervorgetreten war.

»Leg bitte meine Reitkleidung heraus«, sagte Richard, als er ging. »Ich werde heute morgen etwas reiten.«

»Aber doch nur, wenn Ihre Hochwohlgeborene es erlaubt«, hörte er noch Harry sagen, dann fiel die Tür hinter ihm ins Schloß.

In Katharinas Zimmer brannten die Kerzen. Zu beiden Seiten des Betts stand ein mächtiger Kandelaber. Die Fürstin thronte förmlich inmitten eines Kissenbergs, und ihre nackten Schultern bedeckte nur ein zarter rosa Schleier.

»Ich dachte schon, du kommst nicht, Richard«, empfing sie ihn. Der Tadel und die Erleichterung hielten sich in ihrer Stimme die Waage. In der Luft lag der schwere Duft von Rosen, mit denen jeder Tisch geschmückt war. Unabhängig von Ort und Jahreszeit umgab sich Katharina ständig mit ihren Lieblingsblumen. Als Richard sich über ihre Hand beugte, ergriff sie seine Finger. »Du bist gestern nicht mehr zu mir gekommen«, sagte sie sanft.

»Der Zar hat mich aufgehalten«, log er.

»Ist das wahr?«

»Ich dachte, daß du müde bist.«

»Hast du denn wirklich an mich gedacht? Übrigens, dein Frühstück wartet«, sagte sie und deutete auf einen Tisch. Darauf befanden sich eine Reihe silberner Platten und mehrere Flaschen Wein, aber Richard war der Appetit vergangen. Der Gedanke, mit Katharina allein zu sein, erschien ihm unangenehm.

»Hier ist es viel zu heiß«, sagte er heftig, »und außerdem kann ich Frühstück bei Kerzenschein nicht leiden.«

»Dann lassen wir doch die Läden öffnen«, erwiderte Katharina und blickte ihn freundlich an. Sie griff nach der Klingelschnur neben sich.

»Ich kann das erledigen«, sagte Richard rasch, ging zum

Fenster, zog die rosa Vorhänge zurück und öffnete das Fenster. Helles Sonnenlicht fiel ins Zimmer, und nun sah Katharina auf einmal gar nicht mehr so attraktiv aus; sie wirkte eher wie eine stark geschminkte Schauspielerin.

»Mein Liebling, ich denke, du bist mit dem falschen Fuß aufgestanden«, umschmeichelte sie ihn mit süßer Stimme. »Ist es möglich, daß deine kaiserliche Rolle dir Kopfschmerzen verursacht hat?«

»Vielleicht«, antwortete Richard ausweichend. »Es war sicher das letzte Mal, daß ich in die Jacke eines anderen schlüpfe.«

»Du hast doch dem Zaren hoffentlich nicht erzählt, daß sie dir zu eng war? Er bildet sich eine Menge darauf ein, daß er sich eine schlanke Figur erhalten hat.«

»Meine Erfahrungen haben ihn überhaupt nicht interessiert«, erwiderte Richard.

»Er hat sich wohl köstlich amüsiert?«

»Sehr!«

Und daran gab es keinen Zweifel. Förmlich übersprudelnd hatte ihm der Zar von seinen Erlebnissen berichtet. Glücklicherweise hatte er die Bekanntschaft zweier Damen gemacht, die ihn auf das höchste bewunderten. Er hatte es genossen, über sich nur das Allerbeste zu hören. »Niemand darf wissen, daß wir unsere Rollen getauscht haben, Richard«, hatte er mit großem Ernst gesagt. »Niemand hatte auch nur den leisesten Verdacht. Ich sah, wie du auf der einen Seite des Ballsaals standest, und du sahst aus wie ich.«

»Danke für dieses Kompliment, Sire«, hatte Richard mit einer Verbeugung gesagt.

»Nur Butinski weiß von unserem Geheimnis«, hatte der Zar lächelnd erwidert, »aber er ist die Diskretion selbst. Er würde lieber sterben als mich verraten.«

Einen Augenblick hatte sich Richard gefragt, ob er ihm die Tatsache, daß Butinski von Katharina bezahlt wurde, verraten solle. Dann jedoch hatte er beschlossen zu schweigen. Von ihm aus konnten sie einander so viel nachspionieren, wie sie wollten. Wenn Katharina den Zaren überwachte und der Zar das Gleiche mit Katharina tat, was um alles in der Welt ging das ihn an?

Er bemerkte ihren Blick. Ein schwaches Lächeln umspielte ihre Lippen. »Es muß dich doch ziemlich langweilen, mir beim Essen zuzuschauen«, bemerkte er.

»Warum?« fragte sie zurück. »Das Essen macht dich hoffentlich etwas umgänglicher.«

Ungeduldig schob er seinen Teller zurück. »Ich möchte jetzt ausreiten.«

»O nein, Richard!«

»Warum kommst du nicht mit?«

»Ich reite nicht gern. Außerdem möchte ich lieber... dich. Du bist gestern abend nicht mehr gekommen.«

»Ich sagte dir schon, der Zar hat mich aufgehalten.«

»Das ist nicht wahr.«

Richard stieß, als er plötzlich aufstand, fast den Frühstückstisch um. »Verflucht sei dein ewiges Spionieren!« rief er. »Ich lasse mich nicht ständig beobachten, weder von dir noch von sonst jemand! Ich tue, was ich will, und ich gehe dorthin, wo ich will.«

Mit raschen Schritten trat er ans Fenster. Tief in ihm brannte die Wut und der verletzte Stolz. Der Zorn schnürte ihm die Kehle zu und ließ ihn heftig atmen. Auf einmal spürte er sie ganz nah, ihre Arme umklammerten seinen Hals, ihr Körper preßte sich eng an ihn. Sie trug nur das hauchdünne Nachthemd.

»Mein Liebling, es tut mir leid. Ich wollte dich doch nicht wütend machen. Ich brauche dich, und ich habe gestern abend so lange auf dich gewartet.«

»Entschuldige, daß ich so unbeherrscht war.« Die Worte kamen gepreßt und kühl über seine Lippen; es kostete ihn einige Mühe, sie überhaupt zu äußern.

»Küß mich, Richard, und zeige mir, daß du mir verziehen hast.«

Gehorsam beugte er den Kopf, doch sein Mund wich ihren gierigen Lippen aus und blieb statt dessen auf ihren Wangen liegen. Sie roch nach Rosen, es war der schwere Duft von Rosen in der Sommersonne.

»Richard! Mein Richard!«

Er wußte, was sie wollte, und fast mechanisch schlossen sich seine Arme um sie.

»Liebe mich, Richard, bitte liebe mich! Du siehst, ich bitte dich.« Ihre Worte waren kaum zu hören. Er sah auf sie hinunter, sah das Feuer der Leidenschaft in ihren schwarzen Augen glühen, sah, wie sich ihre Lippen öffneten. Gleichzeitig spürte er, wie ihr heftiges Atmen ihre Brüste hob und senkte.

Plötzlich klopfte es an die Tür.

»Was gibt's?« Katharinas Stimme klang schrill.

»Eine Nachricht von Seiner kaiserlichen Majestät, Durchlaucht.«

Langsam löste sich Katharina von Richard und ging

ohne große Hast zum Bett zurück. Nachdem sie die Kopfkissen in Ordnung gebracht und das seidene Laken hochgezogen hatte, rief sie laut: »Herein.«

Ein Diener betrat das Zimmer.

»Sag Seiner kaiserlichen Majestät, daß ich seinen Wünschen gehorche«, sagte Katharina, nachdem sie den Brief gelesen hatte, zu dem Diener.

Dieser verbeugte sich tief und ging hinaus.

»Der Zar möchte, daß ich vor dem Mittagessen mit ihm im Prater spazierenfahre.« Katharinas Stimme klang eisig.

»Darf ich dich begleiten?«

»Nein. Du möchtest doch ausreiten.«

»Ich würde auf dieses Vergnügen verzichten, wenn du meiner Gegenwart bedarfst.«

»Ich brauche dich nicht, wenn ich mit dem Zaren ausfahre.«

»Soll ich jetzt gehen, damit du dich zurechtmachen kannst?«

»Tu das, ich muß mich beeilen.«

»Gut.«

Sie zog die Klingel und streckte dann die Hand nach ihm aus. Er nahm sie, und seine Lippen berührten formvollendet ihre Haut. Da zog sie ihn an sich. »Richard, mein Liebling, warum streiten wir uns?« fragte sie, und ihre Stimme zitterte. Schmerz und Trauer spiegelten sich auf ihrem Gesicht.

Richard hatte sie noch nie so gesehen, und er war tief bewegt. Gerade wollte er sie in seine Arme schließen, als die Tür geöffnet wurde.

Katharinas Zofen betraten eilig das Zimmer, und Richard blieb daher nichts anderes übrig, als ohne ein weiteres Wort davonzugehen.

In seinem Zimmer zog er sich seine Reitkleidung an. Seine Laune hatte erneut einen Tiefpunkt erreicht, und er schrie Harry fortwährend an.

Nachdem er etwa eine Stunde so schnell geritten war, daß das Pferd vor Erschöpfung schäumte, fühlte er sich etwas besser.

Er war aufs Land hinausgeritten und kehrte nun über den Prater zurück. Unter den alten Kastanien konnte man um diese Zeit die Kutschen der illustren Gäste dieses Kongresses fahren sehen, hin und wieder begleitet von einem Reiter auf einem prächtigen Pferd. Diese Promenade war ein weiterer Teil des gesellschaftlichen Lebens in der Stadt.

Er sah den König von Preußen dahingaloppieren, begleitet von einem Flügeladjutanten. Lord Stewart, der exzentrische englische Botschafter, fuhr einen eleganten Vierspänner, der ihm die Anerkennung des gesamten Hyde-Parks gesichert hätte. Ihm folgte in einem Coupé sein Bruder, der Viscount Castlereagh, zusammen mit seiner gutaussehenden Frau. Dahinter kam der Zar mit Katharina an seiner Seite.

Sie erblickte ihn in dem gleichen Augenblick wie er sie. Rasch lenkte er sein Pferd zu ihr hinüber und riß mit schwungvoller Geste seinen Hut vom Kopf. Der Zar hatte neben einem unscheinbaren Phaeton gehalten, in dem Kaiser Franz von Österreich mit seiner dritten Frau, Marie-Louise, saß.

Während Richard sich der Kutsche näherte, blickte Katharina ihm entgegen. Dieser Blick verriet ihm, daß es nicht nötig sein würde, sich zu entschuldigen, denn sie schien zu verstehen, was in ihm vorging. Er fühlte sich erleichtert.

»Sie haben Ihren Ausritt sichtlich genossen?« fragte sie.

»Ja, eine Menge alter Spinnweben sind wie weggeblasen.«

»Das freut mich sehr.«

Sie reichte ihm zum Abschied die Hand, aber als die Kutsche weiterfuhr, verschwand auch das Lächeln von seinen Lippen.

Er war so in seine Gedanken versunken, daß ihm eine weitere Kutsche fast völlig entging. Er konnte gerade noch einen kurzen Blick auf die junge Frau erhaschen. Sie saß kerzengerade da; auf dem Kopf trug sie ein kleines grünes Samthütchen. Sie sah genauso aus, wie er sie in Erinnerung hatte.

Elisabeth hatte ihn nicht bemerkt, denn ihre ganze Aufmerksamkeit nahm ein kleiner Zirkus gefangen. Um Zuschauer für die Abendvorstellung anzulocken, wurden Elefanten und Pferde vor dem Zelt auf und ab geführt.

»Wie ein Kind!«

Zu seiner eigenen Überraschung waren Richard diese Worte laut entschlüpft. Es gab für ihn im Augenblick nichts Schöneres als die Vorstellung, Elisabeth bei der Hand zu nehmen und mit ihr den Zirkus zu besuchen, mit ihr über schwindelerregende Kunststücke zu staunen, mit ihr über die Verrücktheit der Clowns zu lachen und sie beim Löwengebrüll beschützend in die Arme zu nehmen.

Aber warum sollte er das nicht tatsächlich tun? Er würde heute nachmittag bei der Baronin vorsprechen.

Nun ging es ihm schlagartig besser. Glücklich ritt er nach Hause und bedachte unterwegs jeden, den er zu kennen schien, mit einem Lächeln. Er lobte den Burschen, der ihm im Stall der Hofburg das Pferd abnahm, und lief vergnügt die Treppe hinauf, auf den Lippen eine Melodie, die ihm die ganze Zeit im Kopf herumgegangen war.

Während er sich umzog, war er so fröhlich, daß Harry ihm erstaunt hinterherblickte, als er sich auf den Weg in den großen Festsaal machte. Sich den Kopf kratzend murmelte Harry vor sich hin: »Da kann nur eine Frau dahinterstecken. Zu Tode betrübt und himmelhoch jauchzend. Ich wette, der Trübsinn läßt nicht lange auf sich warten.« Ohne es zu wissen, sprach er die Wahrheit.

Nach dem Mittagessen – Richard wollte gerade die Hofburg verlassen –, erhielt er die Nachricht, daß ihn der Zar in seinen Privatgemächern erwarte. Als Richard den Raum betrat, fand er Katharina beim Zaren. Fragend sah er sie an, sie aber vermied seinen Blick.

»Richard, ich habe gute Nachrichten – sogar ausgezeichnete Nachrichten«, begann der Zar.

»Ich freue mich, Sire«, antwortete Richard ausweichend, da er nicht wußte, worauf der Zar hinaus wollte.

»Katharina hat mich über eine Angelegenheit von allergrößter Wichtigkeit informiert«, fuhr der Zar fort und sah gleichzeitig Katharina mit größtem Wohlwollen an. »Hast du gewußt, wer die junge Dame war, mit der du den gestrigen Abend verbracht hast?«

Die Frage kam so unverhofft, daß Richard den Zaren nur überrascht ansehen konnte. »Soweit ich weiß, handelt es sich um die Gräfin Elisabeth Schönborn«, erwiderte er schließlich.

»Ganz richtig, so heißt sie«, bestätigte der Zar eifrig. »Wußtest du aber auch, daß sie Metternichs neueste Spionin ist?«

»Das ist nicht wahr.«

»Ganz im Gegenteil! Es ist durchaus wahr«, widersprach der Zar. »Katharina mit ihrer Intuition hegte sofort den Verdacht, daß das Mädchen nicht das war, was sie vorgab. Deshalb bat sie Wolkowski, Nachforschungen anzustellen. Er fand heraus, daß das Mädchen die Tochter der Gräfin Charlotte Schönborn ist, die vor langer Zeit einmal dem Fürsten Metternich sehr nahe stand. Es gab keinen Skandal, nichts, was an die Öffentlichkeit drang, doch scheint festzustehen, daß der Fürst damals einen Monat auf einem der Schlösser ihres Mannes verbrachte. Außerdem haben wir Grund anzunehmen, daß die Gräfin dem Fürsten bis zu ihrem Tod vor ein paar Monaten treu verbunden blieb. Sie schickte ihre Tochter nach Wien, und das erste Haus, das diese besuchte, war das des Fürsten.«

»Das muß pure Einbildung sein, Sire«, antwortete Richard. »Die Gräfin Elisabeth ist mit dem Fürsten nicht zusammengetroffen.«

»Ich nehme an, daß sie dir das erzählt hat«, sagte der Zar lächelnd, »und genau dies sollte sie dir wohl auch erzählen und durch dich mir! Denk doch daran, daß sie dich für mich gehalten hat, daß sie glaubte, mit mir zu reden.«

»Gibt es noch andere Beweise?« fragte Richard.

»Genug«, antwortete der Zar. »Fürst Metternich schickte sie zur Baronin von Waluzen. Die Baronin hatte sie vorher nie gesehen und hatte auch keinen Besucher erwartet, empfing dieses unbekannte Mädchen aber wie einen Ehrengast. Warum wohl? solltest du dich fragen. Die Antwort ist nicht schwer zu finden. Der Fürst der Intrige gab ihr seine Anweisungen. In der Hofburg sollte ein Maskenball stattfinden, und die Baronin begleitete ihren Schützling dorthin. Wen trifft die junge Dame hier? Niemand anderen als den Kaiser Alexander, Zar aller Reußen, den Mann, den Metternich fürchtet, den Mann, dessen Gedanken und Handlungen er ausforschen möchte, den Mann, der ihm von Tag zu Tag mehr zu schaffen macht.«

»Ich habe selten eine Geschichte gehört, die unglaubwürdiger ist und so wenig den Tatsachen entspricht, Sire«, meinte Richard kaltblütig.

»Ich fürchte, ich kann dir da nicht ganz zustimmen, mein lieber Richard. Ich glaube, daß meine Geschichte voll und ganz den Tatsachen entspricht. Ich kann dir außerdem versichern, daß Wolkowski sich selten irrt. Die Gräfin Elisabeth Schönborn ist Metternichs neueste Waffe gegen mich. Am meisten jedoch freut mich, daß außer uns dreien niemand weiß, daß sie nicht den Kaiser von Rußland, sondern Richard Melton traf. Sie hat doch keinen Argwohn geschöpft?«

»Nein, Sire.«

»Das habe ich gehofft, und darauf basieren meine Pläne.«

»Was wollen Sie damit sagen, Sire?«

»Das heißt, mein lieber Richard, daß du deine Rolle

weiterspielen wirst. Verstehst du denn nicht, was für ein glücklicher Zufall das ist? Ich werde Metternich mit seinen eigenen Waffen schlagen. Durch seine eigenen Spione kann ich ihm mitteilen, was ich ihm mitzuteilen wünsche.«

»Und ich soll Ihnen helfen, Sire?«

»Sollen? Ich befehle es!« sagte der Zar herrisch. »Aber Entschuldigung, mein lieber Richard. Ich vergaß ganz, daß du keiner meiner Untertanen bist. Ich kann dir nichts befehlen – du bist mein Freund. Doch bedenke, es geht um viel bei diesem Kongreß. Du weißt, wie sehr ich Polens Souveränität wünsche. Metternich ist mein Feind und ein Feind der Polen, die zu mir als ihrem Retter aufsehen. Um unserer Freundschaft willen bitte ich dich um deine Hilfe. Ich weiß, du wirst mich nicht im Stich lassen.«

»Ich werde diese Rolle sehr schlecht spielen, Sire. Wäre es nicht besser, Sie selbst würden die Gräfin Elisabeth treffen?«

»Nein, nein, Richard. Dann käme alles sofort heraus«, erwiderte der Zar ungeduldig. »Unsere Stärke liegt doch darin, daß ich, soweit es Metternich angeht, an zwei Orten zugleich sein kann. Er wird glauben, daß er mich in seinem Spinnennetz gefangen hält, während wir ihm die ganze Zeit Sand in die Augen streuen. Außerdem genieße ich meine kurze Freiheit sehr. Sobald du meine Rolle übernimmst, kann ich in deine schlüpfen.«

»Was sagt Fürst Wolkowski dazu?« fragte Richard.

»Der Fürst weiß von nichts, mein lieber Richard. Er glaubt, daß ich es war, der mit der Gräfin Schönborn gestern abend getanzt hat. Das soll auch so bleiben. Katharina hat mir einen großen Dienst erwiesen, indem sie die junge Dame verdächtigte, nicht ganz so unschuldig zu sein, wie sie vorgab.«

»Die Fürstin ist sehr scharfsinnig«, erwiderte Richard mit eisiger Stimme. »Haben Sie auch bedacht, Sire«, sagte er schließlich, »daß es unmöglich sein wird, diese Maskerade lange aufrecht zu erhalten? Gestern abend trug ich eine Maske, deshalb war es leicht, die Gräfin zu täuschen, die Sie außerdem noch nie gesehen hat. Aber ich glaube kaum, daß wir sie in, sagen wir, einer Woche genauso leicht täuschen können. In Begleitung der Baronin wird sie in Wien herumkommen. Sie wird den Zaren bei wichtigen Anlässen, bei Paraden und Bällen sehen. Heute morgen beispielsweise sah ich sie im Prater. Unsere Ähnlichkeit ist nicht so stark, daß man mich ohne Maske mit Ihnen verwechseln könnte.«

»Ich habe auch das bedacht«, antwortete der Zar triumphierend. »Du wirst auch weiterhin eine Maske tragen, wenn du dich heimlich mit der Gräfin triffst. Heute abend sollst du sie im Palais Razumovsky sehen.«

»In der russischen Botschaft, Sire?«

»Man wird es arrangieren.«

»Glauben Sie, die Gräfin kommt ohne Begleitung?«

»Da bin ich mir ganz sicher. Fürst Metternich hat sie bestimmt angewiesen, sich so oft wie möglich mit dem Zaren zu treffen. Sie wird es nicht ablehnen, sich mit mir zu treffen, egal unter welchen Umständen. Haben Sie ein weiteres Zusammentreffen verabredet?«

»Nein, Sire«, antwortete Richard steif.

»In deinem Zimmer liegt ein Fächer«, sagte Katharina, die bisher geschwiegen hatte. »Gehört er ihr?«

Richards Blicke schienen sie erdolchen zu wollen. »Gibt es eigentlich etwas, was deine Spione nicht ausschnüffeln?« fragte er, mühsam die aufsteigende Wut unterdrükkend.

»Ein Fächer, großartig. Du könntest ihn zurückgeben«, schlug der Zar vor.

»Er ist zerbrochen, Sire.«

»Dann wirst du ihr ganz einfach einen anderen schikken. Nichts einfacher als dies. Zusammen mit der Mitteilung, daß sie der Absender des Fächers in einer Kutsche zum Abendessen abholen wird.«

»Sie denken aber auch an alles, Sire«, bemerkte Richard ironisch.

»Ich bin stolz auf meine gute Vorstellungsgabe, Richard«, sagte der Zar lächelnd. »Aber dir muß ich gratulieren. Du hast die dir zugedachte Rolle vollendet gespielt. Niemand hätte das erwartet. Ich finde es einfach himmlisch, daß der Fürst in seine eigene Falle stolpern wird.«

»Sie sind immer noch überzeugt, daß es eine Falle ist, Sire?« fragte Richard.

Anstelle des Zaren antwortete Katharina: »Du kannst sicher sein, Richard, daß Elisabeth Schönborn Metternichs neueste Spionin ist – und wir wissen ja, wie sehr du Spione magst.«

6

Um zehn Uhr abends verließ Richard im Schutz der Dunkelheit die Hofburg durch einen kleinen Seitenausgang. Einen breitkrempigen Hut tief in die Stirn gezogen, trat er aus dem Zimmer des Zaren. In der Hand hielt er einen Stock; eine Halbmaske verdeckte die obere Gesichtshälfte. Über der Zivilkleidung, die der Zar selbst benutzte, wenn er inkognito ausging, trug er ein schwarzes Cape.

Rasch schritt Richard an den Wachen vorbei, einen dunklen Gang entlang und eine enge Treppe hinunter. An deren Ende öffnete sich eine kleine Tür auf einen verschwiegenen Hof, in dem eine Kutsche auf ihn wartete. Es war niemand zu sehen, und dennoch war klar, daß Kaiser Franz am nächsten Tag von Baron Hager über jeden Schritt Richards unterrichtet werden würde.

Als die Kutsche abfuhr, ließ Richard sich schlechtgelaunt in die Kissen fallen. Er mußte sich endlich eingestehen, was für ein Schock es gewesen war, von Elisabeths wahrer Aufgabe zu erfahren. Den ganzen Tag über hatte er an sie gedacht, so wie sie ihm in seinen Träumen erschienen war, doch jetzt sah er in ihrer Jugend und Natürlichkeit nur noch die Maske, mit der sie ihn getäuscht hatte.

Natürlich war er nicht so naiv zu glauben, daß die europäische Diplomatie ohne Geheimpolizei und Agenten auskommen konnte. Doch hatte er immer geglaubt, daß diese schmutzige Arbeit von Leuten getan werden sollte, die entweder Geld brauchten oder ihrem Hang zur

Heuchelei nachgehen wollten. Für ihn war es eine Tätigkeit, mit der sich ein echter Herr nicht die Hände schmutzig machen sollte, geschweige denn eine Dame. Er haßte den Gedanken, daß Katharina zuerst im Dienst der russischen Regierung und später in dem des Zaren selbst sehr erfolgreich spioniert hatte. Sie hatte ihn nicht im unklaren über ihre Heldentaten gelassen und hatte so begeistert davon erzählt wie ein General von seinen Schlachten.

Elisabeth dagegen schien so anders, so unschuldig zu sein. Er konnte sich selbst kaum erklären, warum sie diesen tiefen Eindruck auf ihn gemacht hatte. Jetzt war ihm allerdings klar, daß alles an ihr nur eine vollendet gespielte Rolle gewesen war, von der er sich hatte täuschen lassen. Ein harter Zug erschien um seinen Mund, als er nun daran dachte, wie leicht es ihr gefallen war, ihn hereinzulegen. Männer benahmen sich einfach wie Idioten, sobald ein hübsches Gesicht im Spiel war. Frauen dagegen verstanden sich meisterhaft auf Täuschungsmanöver.

Aber eine gewisse Schüchternheit hatte ihn schon immer bei den Frauen angesprochen. Genau das war es auch, was ihn an Katharina gereizt hatte. Erst später hatte er erfahren müssen, daß sie ihre Augen nicht aus Scheu niederschlug, sondern um das Ausmaß ihres rasch entflammten Begehrens zu verschleiern. Zumindest war sie aber ehrlich. Wenn Katharina einen Mann wollte, dann umwarb sie ihn mit ihren Lippen und ihrem Körper.

Elisabeth dagegen war eine Lügnerin. Richard verspürte den unbezähmbaren Wunsch, ihr ihre Lügen ins Gesicht zu schleudern, sie zu verfluchen und sich an ihrer Schande zu weiden.

Dann erinnerte er sich an seine Anweisungen. Er würde sich einen unheimlichen Spaß daraus machen, Metternich mit seinen eigenen Waffen zu schlagen und damit einen der gewandtesten Diplomaten Europas auszumanövrieren.

Die Kutsche fuhr vor dem Palais Razumovsky vor, einem der prächtigsten Gebäude der Stadt. Graf Razumovsky hatte zwanzig Jahre all seinen Reichtum darauf verwendet, und das Haus legte beredtes Zeugnis ab von diesem Bemühen. Die Ausgestaltung der Empfangsräume übertraf alles. Es gab Bildergalerien voll der kostbarsten Gemälde, eine Bibliothek, die die seltensten Bücher und Manuskripte enthielt.

Seit der Eröffnung des Kongresses hatte der Zar hier einige Feste gegeben, die an Glanz denen der Hofburg nicht nachstanden.

Heute abend jedoch fuhr Richard nicht in den riesigen Hof, sondern wurde an einer kleinen Seitentür abgesetzt, von wo er durch eine enge Wendeltreppe und eine verborgene Tür einen kleinen Salon betrat. Der Raum war leer, und der Diener, der ihm den Weg gewiesen hatte, schloß die Tür, sobald Richard den Raum betreten hatte. Auch dieses Zimmer war auf die gleiche prachtvolle Art ausgestattet wie der Rest des Palais. Auf einer Seite des Raums stand eine große, mit Kissen beladene Couch, und der Duft der Blumen, der das Zimmer erfüllte, hatte eine berauschende Wirkung. Aus der Ferne erklang leise Musik.

Richards Gesicht verzog sich zu einem Lächeln. Eines mußte man dem Zaren lassen. Er verstand es, eine Liebesaffäre gekonnt in Szene zu setzen.

Nur mit Mühe gelang es Richard, sich auf seine Rolle zu

konzentrieren. Er nahm den Hut und den Umhang ab. Dann befestigte er eine kleine, samtene Maske über seinen Augen. Es handelte sich um die gleiche, die er bereits am Abend zuvor auf dem Ball getragen hatte. Jetzt konnte er auch im Spiegel sehen, daß er dem Zaren bemerkenswert ähnlich sah. Butinski, der Friseur, hatte ihn auf die gleiche Art wie den Zaren frisiert.

Auf einem Tisch in einer der Ecken entdeckte Richard eine Auswahl von appetitlichen Köstlichkeiten und vorzüglichen Weinen. Aus der erstbesten Flasche goß er sich ein Glas ein. Der Wein war kühl und hatte einen köstlichen Duft, so daß er nach dem ersten hastigen Schluck den Rest genießerisch die Kehle hinabrinnen ließ.

Als er das Glas absetzte, hörte er draußen Schritte, und dann öffnete sich die Tür. Er sah den Diener nicht, der ihr die Tür aufhielt und sie hinter ihr wieder verschloß.

Da stand sie nun vor ihm. Sie trug ein Kleid aus weichem grünen Stoff, das über den Schultern und unter ihren Brüsten mit silbernen Bändern geschmückt war. Wie konnte sie nur so jung und frisch aussehen und dennoch Metternichs Spionin sein!

»Sie sind also gekommen. Ich hatte schon befürchtet, Sie würden mich enttäuschen.« Die Worte kamen glatt über seine Lippen, während er schnell auf sie zutrat und ihre Hand an seine Lippen führte. Er spürte, wie ihre Finger zitterten.

»Ich hatte solche Angst«, sagte sie ganz leise, »als ich sah, wohin mich die Kutsche gebracht hatte. Ich hatte eigentlich gehofft, wir würden uns wieder in dem kleinen Restaurant sehen, wo wir gestern zu Abend aßen.«

»Gestern war Maskenball«, antwortete Richard, »und ganz Wien war verkleidet. Heute ist es anders. Sie werden sicher verstehen, daß ich mich so nicht sehen lassen kann.«

»Dann sind Sie also wirklich derjenige, für den ich Sie hielt. Ich habe mich schon gefragt, ob ich mich nicht getäuscht hätte.«

»Warum?«

»Sie waren so verschieden von meiner Vorstellung von einem Kaiser.«

»Was hatten Sie denn erwartet?«

»Jemand Übermenschlichen, jemand, mit dem ich nie so hätte reden können wie mit Ihnen. Es ist so schwierig, es auszudrücken. Ich konnte die ganze Zeit vergessen, wer Sie waren.«

Richard lauschte begierig auf jedes ihrer Worte. »Und jetzt sind Sie enttäuscht?«

»Nein, nein, natürlich nicht! Es ist nur alles so merkwürdig. Bitte verstehen Sie mich. Ich habe noch nie jemand wie Sie getroffen.«

»Dann sollten wir vielleicht vergessen, wer wir sind, und uns wie zwei gewöhnliche Menschen verhalten, die sich mögen und zusammen sein wollen«, schlug Richard vor.

»Tun wir das nicht gerade?« antwortete sie. »Und haben wir das nicht auch gestern abend getan?«

»Stimmt.«

»Aber lassen Sie mich Ihnen zuerst Dank sagen für diesen wunderschönen Fächer. Er ist viel schöner als derjenige, der zerbrochen ist. Er gehörte übrigens meiner Mutter.«

»Ich werde ihn reparieren lassen.«

»Danke. Es ist sicher unverschämt, aber ich hätte gern beide. Der, den Sie mir geschenkt haben, ist großartig, und ich werde ihn sicher in Ehren halten. Aber mit dem anderen verbinde ich viele Erinnerungen, und ich würde ihn nur ungern verlieren.«

»Sobald er repariert ist, erhalten Sie ihn zurück.«

»Vielen Dank! Sie sind wirklich zu gütig.«

»Möchten Sie ein Glas Wein?« fragte Richard.

»Ein kleines, bitte.« Sie beobachtete ihn, wie er zu dem Tischchen trat, und blickte sich dann in dem Zimmer um. »Was für ein schönes Zimmer! Ich habe noch nie so etwas Beeindruckendes gesehen wie die Eingangshalle. Und genauso prächtig waren die Treppe und der Gang, durch den ich hierherkam. Wem gehört dies alles?«

»Graf Razumovsky, dem russischen Gesandten«, antwortete Richard. Sicher wußte sie es schon, denn Metternich hatte ihr alles erklärt.

»Ich will diesen Namen behalten«, sagte Elisabeth. »Das ist alles so verwirrend, die vielen neuen Leute, die man hier trifft. Den ganzen Tag schon wurde ich irgendwelchen Berühmtheiten vorgestellt. Ich befürchte, ich bringe alle ihre Namen durcheinander.«

»Erzählen Sie mir!« erwiderte Richard. »Aber möchten Sie sich nicht setzen?« Er deutete auf das kissenbedeckte Sofa und bemerkte, daß Elisabeth sich steif an dessen äußerstem Rand niederließ. »Haben Sie Angst vor mir?« fragte er mit einem Lächeln.

»Nein, natürlich nicht.« Die Antwort kam schnell, und ihre Stimme verriet ihre Nervosität.

»Warum sitzen Sie dann so weit von mir weg?«

Eine rasche Röte überflog ihr Gesicht.

Unglaublich, dachte er bei sich. Sie war eine begnadete Schauspielerin, oder er beging einen nicht wiedergutzumachenden Fehler. Rasch unterdrückte er den aufsteigenden Zweifel. Nein, er machte ganz sicher keinen Fehler. Wäre denn ein unschuldiges Mädchen ohne Begleitung hierher gekommen? Nein, Elisabeth Schönborn hatte ihre Gründe zu kommen und sicher auch ihre Anweisungen.

»Gestern abend schienen Sie keine Angst vor mir zu haben«, fuhr Richard fort.

»Gestern abend war alles anders«, antwortete sie. »Ich glaube, es liegt daran, daß ich Ihnen hier allein gegenübersitze; das macht mich nervös. Ich hätte wahrscheinlich nicht kommen sollen.«

»Aber Sie sind gekommen.«

»Ich wollte Sie wiedersehen.«

»Ist das der einzige Grund?«

Sie errötete erneut und wandte den Blick ab.

Er beugte sich vor und nahm ihre Hand in die seine. »Kann ich wirklich glauben«, sagte er sanft, »daß es der Mann in mir ist, den Sie mögen? Wenn ich doch nur sicher sein könnte!« Sie antwortete darauf nicht, und so fuhr er fort: »Geben Sie mir die Hoffnung, daß es wahr ist.«

»Es ist wahr.«

»Der Mann, nicht der Zar?« drängte Richard. »Das macht mich glücklich. Aber erzählen Sie mir doch von sich. Wo waren Sie heute, und was haben Sie gemacht?«

»Es gibt so viel zu erzählen, aber ich fürchte, ich werde Sie langweilen.«

»Mich interessiert alles, wenn es die Wahrheit ist.«

Sie schluckte. »Die Baronin und ich fuhren heute morgen durch den Prater«, sagte sie rasch. »Es waren so viele Leute da, und kurz glaubte ich, Sie in der Ferne zu erblikken.«

»Ich wollte, ich hätte Sie gesehen«, antwortete Richard. »Ja, auch ich fuhr im Prater spazieren, zusammen mit der Fürstin Katharina Bagration.«

»Die habe ich auch gesehen. Sie ist schöner als alle Frauen, die ich je gesehen habe«, sagte Elisabeth leise.

»Viele Leute finden sie schön«, pflichtete Richard ihr bei. »Wie Sie vielleicht wissen, hatten sie und Metternich eine lange und heftige Liebesbeziehung.«

»Fürst Metternich?« Elisabeths Stimme schien bei den Worten versagen zu wollen.

»Ja, er hat viel Erfolg bei den Frauen, wie Sie wohl schon gehört haben.«

»Das wußte ich nicht.«

»Tatsächlich? Nun, Sie haben mir gestern erzählt, daß Sie den Fürsten nicht kennen – oder täusche ich mich da?«

»Nein, nein, ich habe ihn tatsächlich noch nicht kennengelernt. Ich bin gestern abend erst in Wien angekommen. Ich kenne niemand außer der Baronin.«

»Ach ja, ich erinnere mich. Es scheint mir allerdings ein besonders gutes Vorzeichen Ihres hiesigen Aufenthalts, daß Ihr erster Bewunderer ein Kaiser ist.«

»So wie Sie es sagen, klingt es ganz falsch.« Die Worte entschlüpften ihr wider Willen. Dann fuhr sie fort: »Entschuldigen Sie, Sire – so müßte ich Sie doch anreden, nicht wahr? Ich habe es ganz vergessen.«

»Warum so formell?« antwortete Richard. »Wenn wir uns treffen, bin ich inkognito. Und haben Sie nicht gerade gesagt, daß Sie mich mögen, weil ich ein Mann bin?«

Er wollte ihre Hand ergreifen, doch Elisabeth sprang auf. »Ich glaube, ich sollte jetzt besser gehen«, stammelte sie.

»Aber warum denn?« fragte Richard. »Sie sind doch eben erst gekommen, und es gibt so viel, was wir uns erzählen müssen. Wir haben doch überhaupt noch nicht über die Dinge geredet, die Sie interessieren werden – die polnische Frage zum Beispiel. Ich bin ganz sicher, daß Sie meine Meinung darüber wissen möchten.«

»Natürlich interessiert mich das«, antwortete Elisabeth zögernd.

»Was genau möchten Sie denn wissen?« fragte Richard.

»Ich weiß nicht recht«, antwortete Elisabeth. »Wahrscheinlich erscheine ich Ihnen ziemlich dumm, aber ich weiß wirklich nicht, was die Leute meinen, wenn sie über die polnische Frage reden.«

Richard verzog keine Miene. Sie war klüger, als er geglaubt hatte. Mit dieser vorgeschützten Unwissenheit forderte sie eine Erklärung von ihm geradezu heraus, und diese würde für Metternich von größtem Wert sein.

»Es handelt sich um das wichtigste Problem des ganzen Kongresses, und jeder außer dem Fürsten scheint dies einzusehen.«

»Der Fürst sieht natürlich alles vom österreichischen Standpunkt aus«, wandte Elisabeth ein.

»Und ich sehe es vom polnischen Standpunkt aus«, antwortete Richard. »Das ist vielleicht der Unterschied zwischen mir und dem Fürsten. Er denkt nur an sein Land, seine Wünsche, seine Hoffnungen, während ich hier völlig selbstlos handle, nicht an die russischen, sondern zuerst an die polnischen Interessen denke.« Innerlich mußte er über sich lächeln. So ein Satz hätte wirklich von Alexander stammen können.

»Ach wenn ich über diese Dinge doch nur etwas wüßte«, seufzte Elisabeth. »Aber mein Vater haßte die Politik und duldete zu Hause kein Wort darüber. Meine Mutter indessen nannte Metternich immer den brillantesten Diplomaten Europas. Im Interesse meines Landes wünschte ich, daß sie recht hätte.«

»Und wenn ich Ihnen sage, daß sie unrecht hatte?«

Elisabeth zögerte einen Augenblick. »Vielleicht würde ich glauben, daß Sie sich irren«, sagte sie dann ruhig.

Völlig unerwartet mußte Richard lachen. Zumindest hatte das Mädchen Mut. Er wußte sehr gut, daß man sehr mutig sein mußte, wenn man dem Zaren so etwas sagte.

»Metternich macht einen schrecklichen Fehler, und er wird das bald selbst merken.« Damit hatte der Fürst erst einmal etwas zum Grübeln, dachte Richard. Dann sagte er: »Wir wollen jetzt von etwas anderem reden. Von Ihnen zum Beispiel. Wo waren Sie heute sonst noch?«

Elisabeths Stimme klang erleichtert, als sie nun von den Besuchen erzählte, die sie und die Baronin am Nachmittag gemacht hatten.

Nach einer Weile unterbrach Richard den Redefluß des Mädchens. »Fand die Baronin es nicht etwas merkwürdig, daß Sie heute abend ganz allein hierher fuhren?« Er konnte Elisabeths Verlegenheit fast mit Händen greifen.

Ihre Lippen zitterten, als sie antwortete: »Die Baronin weiß es nicht.« Es war eine Lüge, und eine schlechte dazu.

»Aber war es denn nicht sehr schwierig, so ohne Erklärung, ohne eine Nachricht zu hinterlassen, davonzuschlüpfen?« fragte er hartnäckig. »Werden ihr nicht die Diener sagen, daß Sie weggegangen sind?«

»Ich glaube nicht.«

»Da wäre ich mir nicht so sicher. Die Diener in Wien erzählen alles weiter, was sie gesehen und gehört haben, entweder ihren Herrschaften oder denjenigen, die sie dafür bezahlen.«

»Sie wollen sagen, sie spionieren hinter uns her?«

»Aber natürlich. Jeder tut das hier. Der Beste in diesem Spiel ist wahrscheinlich Baron Hager – haben Sie noch nicht von ihm gehört? Er ist der Chef der Geheimpolizei in Wien – die rechte Hand von Kaiser Franz und eine der wichtigsten Figuren beim Kongreß.«

»Aber was erfahren denn die Diener schon an wichtigen Dingen?« fragte Elisabeth.

»Ich glaube einfach nicht, daß Sie so unwissend sind, wie Sie jetzt tun«, antwortete Richard kühl. »Stellen Sie sich zum Beispiel nur vor, welchen Schaden ein Spion in Hagers Diensten anrichten könnte, wenn er zu meinen Räumen in der Hofburg freien Zugang hätte und alles hören könnte, was ich mit meinen Ministern bespreche, all die Dinge, die sowohl meinem Land als auch mir schaden könnten, wenn sie an die Öffentlichkeit und damit auch meinen Feinden zu Ohren kämen.« Er merkte wohl, daß Elisabeth den Blick abwandte, während er sprach. »Aber machen Sie sich keine Sorgen«, fuhr er mit geheuchelter

Fröhlichkeit fort. »Ich habe jede erdenkliche Vorsichtsmaßnahme gegen Baron Hager ergriffen. Ich kann allen aus meiner Umgebung vertrauen.«

Elisabeth entrang sich ein Laut, und sie ging auf ihn zu. Aber als ihre blauen Augen sein maskiertes Gesicht erblickten, erstarrte sie mitten in der Bewegung.

»Was wollten Sie mir gerade sagen?« fragte Richard.

»Nichts ... nichts.«

»Sind Sie sicher? Ich hatte den Eindruck, daß Sie mir etwas mitteilen wollten.«

»Nein, nein, Sie haben sich geirrt.«

»Wie dumm von mir! Möchten Sie noch ein Glas?«

»Nein, danke. Ich muß jetzt wirklich gehen.« Ihr Gesicht war kreidebleich.

»Ich habe den Eindruck, Sie sind heute abend nicht sehr zufrieden«, sagte Richard leise.

»Es war nett, Sie wiederzusehen.«

»Ich dachte, wir würden hier glücklich sein. Hören Sie die Musik? Es scheint mir, man spielt wieder einen Walzer.«

»Nein, es ist nicht das Gleiche.« Sie sprach sehr bestimmt.

»Die Melodie oder der Zauber?«

»Ich weiß nicht. Ich weiß nur, daß ich jetzt gehen muß. Vielen Dank für den Fächer und für die Einladung, aber bitte lassen Sie mich jetzt gehen.«

»Und wenn ich Ihnen diese Bitte abschlüge?«

Sie erstarrte, und ihre Augen waren weit aufgerissen.

»Ich will damit nur sagen, daß wir noch keine Gelegenheit hatten, uns so angenehm wie gestern zu unterhalten.«

»Heute abend ist alles anders«, murmelte sie.

»Sind wir auch anders?« fragte er.

»Ich weiß nicht«, antwortete sie.

Er durfte sie mit dieser Bemerkung nicht gehen lassen. »Warten Sie noch fünf Minuten«, bat er. »Mir zuliebe. Außerdem wird Ihre Kutsche noch nicht bereit sein.«

Offensichtlich wollte sie ihm glauben, denn es war eine leicht zu durchschauende Lüge. Sie setzte sich wieder.

Jetzt sagte er in einem völlig anderen Ton: »Ich habe mich heute ziemlich erzürnt. Ich mußte erfahren, daß mich jemand, dem ich vertraute, hintergangen hat. Bitte verzeihen Sie mir, wenn Sie unter meiner Stimmung zu leiden hatten.«

»Es tut mir leid, daß Sie unglücklich sind«, sagte sie sanft. »Wenn uns jemand enttäuscht, dem wir vertraut haben, schmerzt es mehr als alles andere.«

»Woher wissen Sie das?« fragte Richard.

»Es ist mir einmal passiert«, antwortete sie, »und ich habe es nie vergessen.«

»Sie haben recht«, sagte er, »Enttäuschungen schmerzen. Aber wir wollen nicht mehr davon sprechen.«

»Worüber sollen wir denn sprechen?« wollte Elisabeth wissen.

»Warum nicht über Sie?«

»Aber wir reden doch die ganze Zeit über mich«, protestierte Elisabeth. »Es ist ein ziemlich langweiliges Thema. Erzählen Sie mir doch etwas von Rußland.«

»Worüber möchten Sie etwas erfahren? Über die russischen Absichten in Polen?« Er konnte sich nicht enthalten, wieder auf dieses Thema zurückzukommen.

Elisabeth seufzte. »Du lieber Himmel! Vielleicht könnten wir nach meiner Kutsche klingeln.«

»Gleich«, antwortete Richard. »Wann sehe ich Sie wieder?«

»Wollen Sie mich nach diesem Abend überhaupt wiedersehen?«

»Was ist denn heute abend falsch gewesen?«

»Das weiß ich auch nicht genau. Gestern abend war es ganz anders. Ich hielt Sie für einen Freund. Ich nehme an, das ist etwas anmaßend in Anbetracht Ihrer Stellung.«

»Ja, Sie waren gestern abend eine Freundin«, stimmte Richard zu.

»Und heute abend?«

»Heute abend auch«, antwortete er eilig, aber ohne Überzeugung.

Sie machte eine hilflose Geste. »Sie sind heute verstimmt«, sagte sie. »Vielleicht ist es bei unserem nächsten Zusammentreffen anders.«

»Wann sehen wir uns wieder?«

»Ich werde kommen, wann Sie es wünschen.«

»Weil Sie selbst es wollen oder weil Sie es für richtig halten?« Er konnte sich diese Frage nicht verkneifen.

»Weil ich es will«, antwortete sie rasch. Aus den blauen Augen, die ihn ansahen, sprach ihr ganzer Ernst. »Bitte glauben Sie mir.« Einen Augenblick waren sie sich wieder nahe, so nahe wie gestern abend.

»Wären Sie auch so sicher«, fragte er, »wenn ich nicht die Person wäre, für die Sie mich halten?«

»Noch sicherer.« Einer plötzlichen Eingebung folgend beugte sie sich zu ihm hinunter. »Gestern abend spürte ich, daß es ungeheuer wichtig war, daß wir uns getroffen hatten. Dann erinnerte ich mich jedoch daran, wer Sie sind, und gab mich eine Zeitlang der Hoffnung hin, Sie könnten ebenso ein Niemand sein wie ich. Eben nur ein Mann, mit dem ich mich unterhalten könnte, dessen Freundin ich wäre.«

»Vielleicht hätten Sie mich unter diesen Umständen nie beachtet?« spottete Richard.

»Nein, das ist nicht wahr. Ich glaube, wir mußten uns ganz einfach kennenlernen. Spüren Sie das nicht auch?«

»Wenn ich dessen nur sicher wäre!« antwortete Richard.

Sie errötete und wandte den Blick ab. »Es gibt eine Sache, deren Sie sich absolut sicher sein können«, sagte sie. »Glauben Sie mir, ich möchte auch dann mit Ihnen reden und Sie sehen, wenn Sie wirklich ein Niemand wären.«

Richard spürte das Verlangen, ihr die Wahrheit zu gestehen. Dann schalt er sich jedoch einen Narren, der sich erneut hatte täuschen lassen. »Ich fühle mich geehrt«, erwiderte er förmlich.

Sie erhob sich und wünschte ihm eine gute Nacht.

Während sie noch so dastand, erinnerte er sich daran, wie sie sich gestern verabschiedet hatte. Er wollte sie wieder küssen, verspürte aber eine Hemmung. Gestern war ihr Kuß genau richtig gewesen, ein Ausdruck des Glücks zweier Menschen, die eine tiefe Freundschaft verband. Aber heute fehlten sowohl das Glück als auch die Freundschaft. Daher nahm er ihre Hände in die seinen und küßte zuerst die eine, dann die andere. »Gute Nacht, Elisabeth«, sagte er. »Bitte verzeihen Sie mir.«

»Warum?«

»Weil unser Treffen nicht geglückt ist. Es war allein meine Schuld, aber ich konnte nicht anders.«

»Bitte, entschuldigen Sie sich nicht. Ich versuche zu verstehen. In solchen Situationen ist man einfach machtlos.«

»Ja, machtlos«, stimmte er wehmütig zu.

»Dann gute Nacht.« Sie drehte sich um und ging auf die Tür zu. Als ihre Hand nach der Klinke griff, rief er ihren Namen.

»Elisabeth!«

Sie wandte sich um, während er mit ein paar Schritten bei ihr war. Vorsicht, Stolz und Argwohn waren vergessen. Er öffnete beide Arme, und einen Augenblick später lagen seine Lippen auf den ihren, und er küßte sie leidenschaftlich. Er küßte mit der Verzweiflung eines Mannes, der beinahe das verloren hätte, was er am meisten liebte.

»Elisabeth! Elisabeth!«

Immer wieder flüsterte er ihren Namen, bis sie sich schließlich losriß und durch die Tür entschlüpfte. Er hörte noch ihre Schritte draußen auf dem Gang, wagte es aber nicht, ihr zu folgen.

Allmählich ließ der Aufruhr seiner Gefühle etwas nach. Als er plötzlich im Spiegel sein maskiertes Gesicht erblickte, lachte er zynisch auf, ergriff rasch den Umhang und den Hut und schritt auf die Wandverkleidung zu, hinter der sich die Geheimtür verbarg.

7

Baron Hager klopfte mit dem Monokel gegen seine Handfläche, eine Angewohnheit, in die er immer verfiel, wenn er sich ärgerte. »Es tut mir leid, daß es nicht mehr zu berichten gibt, Durchlaucht«, sagte er verdrießlich.

Fürst Metternich ließ die engbeschriebenen Blätter auf seinen Schreibtisch fallen. »Was heißt hier: nicht mehr?« rief er. »Hier steht nichts, absolut nichts von Bedeutung. Ich kann nicht glauben, daß Seine Majestät sich damit zufrieden gibt.«

»Seine Majestät war nicht unzufrieden«, erwiderte der Baron. Seine müden, tiefsitzenden Augen trafen die des Fürsten.

Beide Männer dachten dasselbe. Kaiser Franz las mit Genuß die Berichte, die ihm der Baron lieferte, auch wenn sie nichts als Belangloses enthielten.

Der Fürst nahm die Blätter wieder in die Hand. »Bezahlen wir wirklich für diesen Quatsch?« fragte er und las laut vor: »›Der König von Preußen besuchte heute morgen den Erzherzog Karl. Am Abend ging er aus. Er trug zivile Kleidung und hatte sich einen großen Hut tief ins Gesicht gezogen. Um zehn war er noch immer nicht zurück.‹ Das ist höchst aufschlußreich, das muß ich schon sagen. Welches Dienstmädchen oder welcher Straßenräuber hat Ihnen eigentlich diesen Unsinn geliefert?«

Sein Sarkasmus machte auf den Baron keinen erkennbaren Eindruck.

»Es muß für Sie doch eine Tragödie sein, mein lieber Baron«, fuhr Metternich mit eiskalter Stimme fort, »zu erfahren, daß Lord Castlereagh befohlen hat, den Inhalt aller Papierkörbe der britischen Botschaft zu verbrennen.«

»Ich weiß das schon seit längerem«, meinte der Baron. »Die Briten haben auch zwei Hausmädchen engagiert, von denen eins schon in meinen Diensten steht.«

»Großartig«, rief der Fürst. »Wir werden also noch einige dieser aufschlußreichen Berichte über die Vorgänge bei unseren Gästen erhalten.« Er wandte einige Blätter angewidert um, bevor er erneut vorlas: »›Der Kaiser von Rußland ging gegen sieben Uhr mit einem seiner Adjutanten aus. Angeblich besuchte er die Fürstin von Thurn und Taxis. Der Zar erhält jeden Morgen einen großen Block Eis, mit dem er sich Gesicht und Hände wäscht. Um zehn verließ er die Hofburg durch einen Seiteneingang und fuhr allein zum Palais Razumovsky, das er über eine Geheimtreppe betrat.‹« Fürst Metternich sah den Baron durchdringend an. »Warum ist er denn dahin gefahren?« fragte er.

»Ich weiß es nicht«, erwiderte der Baron. »Es ist doch nicht ungewöhnlich, daß er seinen Botschafter besucht.«

»Allein? Nachdem er die Hofburg durch einen Seiteneingang verlassen hat?« wunderte sich Metternich.

»Ich werde Erkundigungen einziehen«, sagte der Baron. Plötzlich leuchteten seine Augen auf. »Da ist noch jemand gestern abend zum Palais Razumovsky gefahren, die Gräfin Elisabeth Schönborn. Ich glaube, ich habe sie Ihnen gegenüber noch nicht erwähnt. Sie hat auf dem

Maskenball mit dem Zaren getanzt und soll sogar seine besondere Aufmerksamkeit errungen haben.«

»Aha.« Ein schwaches Lächeln umspielte die Lippen des Fürsten.

»Es gibt eine kurze Notiz über sie«, fuhr der Baron fort und blätterte seine Papiere durch. »Sie wohnt bei der Baronin von Waluzen. Niemand wußte von ihrer Ankunft, aber die Baronin begleitet sie überall hin und nennt sie die Tochter einer ihrer ältesten Freundinnen.«

Er zog einen Bogen aus dem Stapel und legte ihn auf den Tisch. »Hier ist die Notiz«, sagte er. »›Gräfin Elisabeth Schönborn besuchte gestern abend um ungefähr zehn Uhr das Palais Razumovsky. Sie verließ es dreiviertel Stunden später und kehrte zum Haus der Baronin von Waluzen zurück.‹« Er blickte rasch auf. »Die Zeiten stimmen überein.«

»Na so was, mein lieber Baron«, sagte der Fürst und gab sich den Anschein, überrascht zu sein.

»Sie sind nicht interessiert?«

»Nicht besonders.«

Der Baron seufzte. »Ich werde Ihnen auch morgen meine Aufwartung machen.«

»Aber nur, wenn es etwas gibt, was ich wirklich wissen sollte. Vergeuden Sie meine Zeit nicht mit Unsinn! Ich bin, wie Sie wissen, ein vielbeschäftigter Mann.«

Der Baron verbeugte sich, sammelte seine Papiere zusammen und verbeugte sich erneut. Dann verließ er das Zimmer. Der Fürst ging zum Fenster und öffnete es, als hätte er das Bedürfnis, die Luft im Zimmer zu reinigen. Er machte keinen Hehl daraus, daß er den Mann nicht mochte. Der Baron hatte wohl seine Verdienste, und der Fürst wäre der letzte gewesen, der das leugnete, aber sein Umgang mit Spionen hatte seine Persönlichkeit so verändert, daß man ihm auf gar keinen Fall trauen konnte.

Der Fürst stand immer noch am Fenster, als er einen Diener eintreten hörte, der ein Tablett trug, auf dem eine Notiz lag. Auf dem weißen Papier standen nur fünf Worte: »Ich muß Sie sofort sehen!«

Der Fürst schickte nach einem seiner Privatsekretäre, gab ihm gewisse Anweisungen und ging dann zum Kamin hinüber, wo er das Papier in die Flammen warf. Er beobachtete, wie es verbrannte. Er wollte kein Risiko eingehen. Zwar fühlte er sich in seinem eigenen Haus vor Hager sicher, aber man konnte nie wissen. Es bestand durchaus die Möglichkeit, daß der Kaiser befohlen hatte, auch ihn, Metternich, zu überwachen. Und Hager hätte sicher keine Gelegenheit ausgelassen, zusätzliche Informationen über ihn zu erhalten. Der Fürst wußte wohl, daß der Baron es ihm übelnahm, nicht in alle Angelegenheiten des Kongresses eingeweiht zu sein.

Als von dem Zettel nichts weiter als ein bißchen Asche übrig war, läutete der Fürst einem Diener und befahl, daß man sein Pferd sattle und vorführe. Das Wetter war sonnig, und trotz des kalten Windes wollte er etwas ausreiten.

Der Fürst wurde nur von seinem persönlichen Burschen begleitet, einem Mann, den er schon sein ganzes Leben lang kannte und dem er völlig vertraute. Die Pferde galoppierten rasch dahin, bis die beiden Reiter schließlich die Stadt hinter sich gelassen hatten und sich auf einsamen Waldpfaden befanden.

Die Blätter am Boden dämpften den Hufschlag, und die Äste der Bäume knarrten im Wind. Schließlich kamen der Fürst und sein Begleiter zu einem kleinen Tempel im Wald. Ein Bursche stand dort und hielt die Zügel eines reiterlosen Pferdes. Er grüßte beim Anblick des Fürsten, der den Gruß mit einem Kopfnicken erwiderte.

»Wie geht es dir, Josef?« fragte er.

»Ich bin bei bester Gesundheit, vielen Dank, Eure Durchlaucht.«

»Du hast dich wie befohlen bei der Baronin verdingt?«

»Ja, Eure Durchlaucht. Ich bin als Stallknecht angestellt, während mein Bruder als Diener arbeitet.«

»Gut! Eure Dienste werden wohl belohnt werden.«

Der Fürst stieg vom Pferd und ging den laubbedeckten Weg entlang, der zum Tempel führte. Elisabeth wartete bereits auf ihn. Sie trug ein grünes Reitkostüm aus Samt, und als sie auf ihn zulief, dachte er bei sich, wie schön sie doch aussah.

»Es war sehr freundlich von Ihnen, sofort zu kommen, Durchlaucht«, sagte sie, als sie knickste. »Ich wollte Sie nicht beunruhigen, aber ich mußte einfach mit Ihnen sprechen.«

»Sie haben etwas zu berichten?« sagte der Fürst. »Setzen wir uns doch!«

Rund um den Tempel standen hölzerne Bänke, und Elisabeth setzte sich auf eine. Dann wandte sie sich wieder ungeduldig dem Fürsten zu. »Ich wollte Sie sehen, weil ich den Zaren kennengelernt habe«, begann sie.

»Ja, ich weiß«, antwortete er. »Sie haben mit ihm auf dem Maskenball getanzt und ihn letzte Nacht im Palais Razumovsky besucht.«

»Das wissen Sie schon?« rief sie.

»Ja«, antwortete er. »Was ist dabei herausgekommen?«

»Das ist genau der Grund, warum ich Sie sehen wollte«, sagte sie, ohne ihn dabei anzublicken, und runzelte die Stirn.

»Hat Ihnen der Zar vielleicht etwas Wichtiges mitgeteilt?« versuchte der Fürst sie zum Reden zu bringen.

»Ich glaube nicht«, erwiderte Elisabeth. »Aber darum geht es mir nicht. Ich glaube, er vertraut mir, und wenn er mir etwas anvertraut hätte, dann hätte er es getan, weil ... weil er mich als seine Freundin ansieht.«

»So?«

»Ich merke, daß ich mich nicht verständlich ausdrücke«, sagte Elisabeth. »Begreifen Sie denn nicht die Lage, in der ich mich befinde?«

»Eine Lage, die Sie durch größte Klugheit errungen haben«, lächelte der Fürst. »Ich hatte bisher noch keine Zeit, Ihnen dazu zu gratulieren.«

»Bitte nur das nicht«, antwortete Elisabeth. »Ich bin nicht sehr stolz auf das, was ich getan habe. Es gelang mir, mit dem Zaren auf dem Maskenball zu tanzen, wie Sie es gewünscht haben. Er war sehr charmant.«

»Ja? Und was passierte dann?«

Elisabeth zögerte kurz. »Wir plauderten eine ganze Zeitlang. Er versprach mir, meinen Fächer reparieren zu lassen. Er war nämlich auf meinen Fächer getreten und hatte ihn beschädigt.«

»Ein schlauer Einfall«, nickte der Fürst. »Ich merke, Sie haben Köpfchen, meine Liebe.«

»Bitte, loben Sie mich nicht. Gestern abend erreichte mich ein anderer Fächer, zusammen mit einem Brief, in dem mir für zehn Uhr eine Kutsche angekündigt wurde. Sie kam und brachte mich, wie Sie wissen, in das Palais Razumovsky. Der Zar wartete dort.«

»Wo haben Sie sich getroffen?«

»In einem kleinen Salon im ersten Stock. Ich kann Ihnen nichts Genaueres sagen, denn das Palais ist so groß, daß ich völlig die Orientierung verlor.«

»Und weiter?«

»Er benahm sich ganz anders. Er sprach davon, daß es niemanden gebe, dem er trauen könne. Ich hatte das Gefühl, daß er mir mißtraute.«

»Unsinn!« sagte der Fürst rasch. »Es gibt keinen Grund für ihn, Ihnen zu mißtrauen.«

»Das habe ich mir auch gesagt. Ich nehme an, es war nur mein Gewissen; aber ich fühlte mich nicht sehr wohl dabei. Ich wollte ihn nicht betrügen.«

»Seien wir ganz offen!« sagte der Fürst. »Der Zar ist der Feind Österreichs. Wenn er seine Wünsche durchsetzen kann, dann ist er mächtiger, als es Napoleon war.«

»Ich gebe ja zu, daß Sie so etwas verhindern müssen«, sagte Elisabeth. »Aber was mich betrifft, so ist das etwas anderes. Mir scheint der Zar ein sehr einsamer Mensch zu sein. Es ist so schwer, es in Worte zu fassen, aber ich habe zuvor nicht wahrgenommen, daß ein Kaiser auch nur ein Mann ist.«

»Der Mann, der natürlich auch die Macht eines Herrschers besitzt«, antwortete der Fürst. »Was hat er Ihnen noch erzählt? Hat er von Polen oder von mir gesprochen?«

»Er scheint Sie nicht besonders zu mögen«, versuchte Elisabeth sich herauszureden.

»Er haßt mich. Das weiß ich. Es wäre mir allerdings viel lieber, er würde mich fürchten«, antwortete der Fürst. »Sonst noch etwas?«

»Eigentlich nicht«, erwiderte Elisabeth. »Aber nehmen wir einmal an, daß er mir bei einer anderen Gelegenheit etwas erzählt, weil er glaubt, er spreche mit jemand, der kein Interesse an Politik hat, sondern den Kongreß nur als Ort des Vergnügens ansieht. Wäre es denn recht von mir, das Ihnen zu berichten?«

Der Fürst sah sie erstaunt an. »Recht?« wiederholte er. »Was wollen Sie damit sagen?«

»Nur, daß sich mein Gewissen regt.«

»Worauf es ankommt, ist Österreich. Unser Land ist wichtiger als ein paar Menschen, wichtiger als unser Gewissen. Dieses Ziel müssen wir im Auge behalten.«

Während er sprach, fühlte Elisabeth, wie sich ihre Sorgen in nichts auflösten und wie sehr sie ihr Vaterland liebte. »Ja, ich möchte mithelfen«, sagte sie. »Wenn Sie bei mir sind, scheint alles so einfach zu sein.«

»Nichts ist einfach, wenn man sich mit anderen Menschen auseinandersetzt und ganz besonders mit Menschen anderer Nationalität«, erwiderte der Fürst. »Der Zar ist ein außerordentlicher Mensch. Meine Frau sagt mir, daß sich unsere Ärzte mit dem Problem beschäftigen, ob es zwei Persönlichkeiten in einem Körper geben kann – und wenn das auf jemanden zutrifft, dann auf den Zaren. Denken Sie immer daran: Wenn er Ihnen eine Seite seines Charakters zeigt, dann gibt es eine andere, die er vor Ihnen verbirgt.«

Elisabeth seufzte. »Ich wünschte, Sie könnten ihn so sehen wie ich.«

»Ich glaube, ich wäre nicht so nachsichtig«, lächelte der Fürst und fuhr fort: »Ich muß Ihnen etwas gestehen. Wir sind an einem toten Punkt angelangt. Der Kongreß tritt auf der Stelle. Ich bin so offen, Elisabeth, weil ich Ihre Hilfe brauche. Ich muß wissen, was der Zar vorhat. Ich muß einfach wissen, ob er mich irreführen will oder ob er eisern bei seiner Position hinsichtlich Polens bleiben wird. Wollen Sie mir nicht helfen?«

Keine Frau wäre in der Lage gewesen, sich dem Appell des Fürsten zu entziehen. Er wischte Elisabeths Zweifel einfach beiseite.

»Das will ich«, erklärte sie.

Der Fürst lächelte sie an. »Dann setzen Sie Ihren freundschaftlichen Umgang mit dem Zaren fort«, sagte er. »Finden Sie heraus, was Sie können, ermutigen Sie ihn zum Reden. Er ist, glauben Sie mir, ein Mensch, der es liebt, über ihn interessierende Dinge zu sprechen.«

»Ich werde es versuchen«, antwortete Elisabeth.

Der Fürst erhob sich. »Sie waren viel erfolgreicher, als ich es je zu hoffen gewagt hätte. Hoffentlich genießen Sie auch Ihren Aufenthalt in Wien. Von allen Seiten erfahre ich, daß man Sie sehr bewundert.« Er sah sie lange an. »Sie sind in der Tat sehr schön, und bestimmt haben Ihnen das schon viele Männer gesagt.«

»Ich habe keine Zeit, ihnen zuzuhören«, antwortete Elisabeth.

»Das kann ich nicht glauben«, erwiderte der Fürst. »Alle Frauen mögen es, wenn man ihnen sagt, wie schön sie sind, und wenn man ihnen von der Liebe spricht. Aber ich möchte Sie warnen – passen Sie auf, wem Sie Ihr Herz schenken.« Auf das plötzliche Erröten Elisabeths war er nicht gefaßt. Er runzelte die Stirn. »Es gibt also schon jemand?« fragte er.

»Nein, nein, es gibt niemand«, widersprach Elisabeth. »Niemand, der für mich in Frage käme.«

»Das freut mich«, antwortete er ernst. »Im Augenblick sind Sie zu wichtig für mich, als daß ich Sie verlieren möchte.«

»Ich werde mich in niemand verlieben«, sagte Elisabeth, und es klang wie ein Versprechen – nicht dem Fürsten gegenüber, sondern sich selbst.

»Wenn die Liebe kommt, kann man sich ihr nicht entziehen«, bemerkte er nachdenklich.

»Aber wenn man sich in jemand verliebt, der völlig ungeeignet ist?«

»Es wäre immer noch Liebe«, antwortete der Fürst. »Aber ich bin sicher, Sie werden nicht so dumm sein. Wenn Sie sich verlieben, dann in jemand, den Sie heiraten können, jemand, mit dem auch ich aus ganzem Herzen einverstanden sein kann.«

»Das hoffe ich auch«, sagte Elisabeth.

»Schön ... Aber im Augenblick müssen Sie sich um den Zaren kümmern. Gott sei Dank besteht überhaupt keine Gefahr, daß Sie sich in ihn verlieben könnten. Man sagt mir, daß er noch vor zehn Jahren sehr anziehend auf die Frauen wirkte, daß er aber jetzt, da er älter und auch eitler ist, seinen sprichwörtlichen Charme verloren hat. Das ist ganz gut so, sonst müßte ich mich ja um Sie sorgen.«

Elisabeth brauchte nichts mehr zu sagen, denn der Fürst machte sich zum Aufbruch bereit. »Auf Wiedersehen, meine Liebe.« Er führte seine Finger an die Lippen und wiederholte dann die Worte, die er schon bei ihrem letzten Zusammentreffen benutzt hatte. »Ich bin stolz auf Sie«, sagte er und ging davon, ohne sich noch einmal umzudrehen.

Erst als er außer Sicht war, wurde ihr bewußt, daß ihr dieses Gespräch nichts gebracht hatte – außer daß die Last, die auf ihren Schultern lag, ihr jetzt noch schwerer vorkam als zuvor.

8

Elisabeth blickte sich verwundert um. Sie hatte sich zwar bereits an all die Pracht gewöhnt, die sie umgab, wo sie sich in Wien aufhielt, aber der heutige Abend schien alles bisher Dagewesene zu übertreffen. Der Zar gab zu Ehren seiner Schwester einen Empfang, der im Palais Razumovsky stattfand.

Man hatte die riesige Reithalle in einen Ballsaal verwandelt und das Ballett des kaiserlichen Theaters in St. Petersburg anreisen lassen. Jeder der Eingeladenen hatte natürlich Ungewöhnliches erwartet, aber die großartigen Darbietungen überwältigten alle. Graf Razumovsky, der im Auftrag des Zaren den Ball organisierte, hatte sich vorgenommen, den russischen Empfang zum Stadtgespräch zu machen.

Man hatte gerüchteweise erfahren, was alles zur Unterhaltung der Gäste aufgeboten werden würde. Die Baronin hatte aus wohlunterrichteter Quelle vernommen, daß beim Essen jeder Gast ein Schüsselchen mit Kirschen aus den kaiserlichen Gärten in St. Petersburg serviert bekommen sollte; die Transportkosten je Kirsche beliefen sich auf ein Goldstück. Man hatte Erdbeeren aus England, Trauben aus Burgund, Trüffeln aus dem Périgord, Austern aus Belgien und Orangen aus Sizilien herbeigeschafft.

»Ich dachte schon, man würde mich vergessen«, sagte Elisabeth, als die Baronin ihr die Einladungskarte des Grafen entgegenhielt.

»Da bestand wohl kaum eine Gefahr«, antwortete die alte Dame.

»Ich war nicht so sicher«, antwortete Elisabeth, wobei sie versuchte, ruhig zu bleiben. Sie hatte eine ganze Woche lang nichts vom Zaren gehört. Immer noch spürte sie jene verlangenden Küsse auf ihrem Mund, die er ihr gegeben hatte, bevor sie sich losriß und zum Ausgang eilte.

Warum nur hatten sie sich mißverstanden in diesen kurzen, kostbaren Augenblicken? Das hatte sie sich nicht einmal, sondern hundertmal gefragt. War es ihre Schuld gewesen? Warum war er über sie wütend gewesen, warum war da dieser scharfe Unterton in seiner Stimme? Sie konnte auf keine dieser Fragen eine Antwort finden.

Trotz ihrer Jugend war sie erwachsen genug, um zu wissen, daß sie tiefe gegenseitige Anziehung verband. Sie mußte nur neben ihm stehen, um zu bemerken, daß ihrer beider Herzen im Gleichklang schlugen. Warum aber hatte er sich so merkwürdig benommen? Warum hatte sie manchmal sogar Anzeichen von Abscheu in seiner Stimme verspürt?

Dann das Schweigen! Es war schwerer zu ertragen als alles andere. Sie war nächtelang wach gelegen und hatte sich nach einem Wort gesehnt, das ihr sagte, daß er sie nicht vergessen hatte. Sie hatte vorher nicht geglaubt, daß man so heftig leiden könne. Es fiel ihr schwer, ihre Gefühle vor der Baronin zu verbergen, und manchmal schien diese ihr Geheimnis zu erraten.

»Nein, mein Kind, man hat Sie nicht vergessen«, bemerkte die Baronin trocken. »Aber Sie sollten sich auf die Gunst der Fürsten nicht zu sehr verlassen. Sie bewegen sich in anderen Regionen als wir gewöhnliche Sterbliche, und wenn es ihnen gefällt, dann benutzen sie ihre Allmacht dazu, jede Regel des Anstands zu verletzen.«

»Ich bin sicher, daß nicht alle so sind«, antwortete Elisabeth trotzig.

»Woher sollen wir das wissen?« fragte die Baronin achselzuckend. »Es gibt übrigens eine Reihe von jungen Männern, die sich für Sie interessieren«, fuhr sie fort. »Graf de la Garde-Chambonas zeigte sich von Ihnen sehr angetan, als er sich gestern abend mit mir unterhielt. Graf de Rochechouart bat, mit Ihnen morgen ausreiten zu dürfen. Er ist ein Neffe des Herzogs von Richelieu und, wie Sie sicher wissen, eine exzellente Partie.«

»Er ist eingebildet«, erwiderte Elisabeth ungerührt.

Die Baronin schüttelte den Kopf. »Alle Männer sind so, wenn man sie erst einmal näher kennt«, antwortete sie, »aber man sollte deshalb doch nicht auf die Annehmlichkeiten einer guten Heirat verzichten.«

Elisabeth lachte laut auf. »Ich glaube nicht, daß Sie auch nur halb so zynisch sind, wie Sie vorgeben«, sagte sie.

Ein sanfter Ausdruck trat in die Augen der Baronin.

Elisabeth stand vor ihr, und die Nachmittagssonne hatte funkelnde Lichter in ihrem Haar entzündet. Ihre blauen Augen strahlten, und ihre roten Lippen ließen, als sie lächelte, die weißen Zähne sehen.

»Sie werden Ihrem Herzen folgen, mein Kind, das sehe ich«, meinte die Baronin. »Achten Sie darauf, wohin es Sie führt.«

»Sie verstehen mich wirklich.«

Elisabeth war sich dessen am Abend des Balls noch sicherer, als sie merkte, wie sehr die Baronin darauf bedacht war, daß sie, Elisabeth, noch schöner aussah als je zuvor.

Sie trug ein Kleid aus weißem Tüll über weißem Satin mit weiten Ärmeln und tiefem Ausschnitt. Dazu wählte die Baronin für sie blattgrüne, silberbestickte Handschuhe und ebensolche Schuhe. Ihr Haar, das sie nicht gepudert hatte, zierte eine Girlande aus Seerosenknospen und Blättern in der Farbe ihrer Handschuhe. In der Hand trug sie den Fächer, den ihr Richard als Ersatz für den zerbrochenen geschickt hatte.

»Sie werden die Schönste des Balls sein«, sagte die Baronin, aber Elisabeth schüttelte den Kopf.

»Nicht, wenn die Fürstin Katharina Bagration auch da ist«, erwiderte sie und verspürte dabei etwas wie Eifersucht. Anmut und Eleganz der Fürstin schienen ihr unerreichbar. Es schien ihr, daß der Zar sich mit Katharina auf den Bällen köstlich amüsierte.

Sie hatte keine Augen für die Tänzerinnen, die den Ball im Palais Razumovsky eröffneten, kein Interesse an der neumodischen Lotterie, die den glücklichen Gewinnern kostbare Preise bescherte. Die ganze Zeit über beobachtete sie nur eine Person, in der Hoffnung, daß er sie unter den anderen Gästen erkenne und anschaue. Seine Größe und die weiße ordengeschmückte Uniform ließen ihn aus der Menge herausragen. Sie sah, wie er sich zwischen den Anwesenden bewegte, doch wie sehr sie sich auch abmühte, es gelang ihr nicht, in seine Nähe zu kommen.

Sie hätte gerne die Baronin eingeschaltet, aber die alte Dame saß mit einigen Freundinnen am Rande der Tanzfläche und amüsierte sich mit spitzen Bemerkungen über die vorbeitanzenden Paare. Elisabeth kannte mittlerweile viele Leute in Wien und hatte keinen Mangel an Tanzpartnern. Ihre Schönheit und Natürlichkeit öffneten ihr überall die Herzen, wohin sie die Baronin mitnahm. Der Graf de Rochechouart schenkte ihr seine ganze Aufmerksamkeit, doch Elisabeth hörte kaum, was er sagte, und wenn sie mit ihm tanzte, so versuchte sie die ganze Zeit, über seine Schulter hinweg den Zaren im Auge zu behalten.

Die Stunden vergingen. Das Ballett trat wieder auf und wurde mit viel Beifall bedacht. Elisabeth sah den Zaren applaudieren, während Katharina neben ihm stand. Sie sah heute besonders schön aus und trug im Gegensatz zu allen anderen Frauen anstelle eines Geschmeides nur eine aus Rosen geflochtene Tiara im Haar. In diesem Augenblick konnte es Elisabeth kaum mehr ertragen, ihn weiter zu beobachten. Er sah sich nicht nach ihr um, wollte wohl nichts von ihr wissen. Sie wandte sich ab und ging auf die andere Seite des Saals hinüber, wo es abseits vom hellen Licht der Tanzfläche kleine Nischen gab, die, mit Vorhängen abgetrennt, zwei Menschen die Möglichkeit gaben, ungestört zu sein.

Elisabeth fühlte sich innerlich leer. Niemand schien es zu bemerken, daß sie die Zuschauermenge verlassen hatte, alle hatten nur Augen für die Tänzerinnen und Tänzer. Kurz hielt sie sich mit einer Hand am Vorhang einer der Nischen fest und blickte zurück. Der Zar mußte gegangen sein, denn sie konnte ihn nirgendwo mehr sehen. Plötzlich fühlte sie den Griff einer Hand an ihrem Handgelenk. Sie stieß einen Schreckensruf aus, dann wurde sie nach innen gezogen. Hinter ihr fiel der Vorhang vor den Nischeneingang, während sie sich in absoluter Dunkelheit befand.

Sie konnte den Geruch von Kerzen wahrnehmen, die gerade gelöscht worden waren, und dann, als sich der Druck auf ihrem Gelenk verstärkte, verließ sie ihre Furcht. Sie wußte, wer neben ihr stand, wer sie aus dem Ballsaal in die Dunkelheit gezogen hatte, und ihre Angst entlud sich in einem Freudenschrei.

»Pst!« sagte seine Stimme streng. »Wir wollen doch nicht, daß Ihnen jemand zu Hilfe kommt.«

»Sie haben mich also doch gesehen?« rief Elisabeth.

»Ich habe Sie den ganzen Abend beobachtet«, antwortete er.

»Das ist nicht wahr«, erwiderte sie. »Aber ich bin trotzdem froh, daß Sie mich nicht vergessen haben.«

»Haben Sie wirklich geglaubt, ich könnte Sie vergessen?«

»Ich habe gebetet und gehofft, von Ihnen zu hören. Du liebe Güte, wahrscheinlich sollte ich es Ihnen nicht sagen, aber ich kann mich nur sehr schlecht verstellen.«

»Das kann ich auch nicht sehr gut«, antwortete er. »Wir haben uns an jenem Abend sehr dumm benommen.«

»Vergessen wir es ganz einfach«, schlug Elisabeth vor. Ihre Augen hatten sich jetzt an die Dunkelheit gewöhnt, und sie konnte seine Silhouette schwach erkennen. Sie sah ihn an, und die Stille lastete zwischen ihnen, als hätten sie sich nichts mehr zu sagen.

»Sie sehen wunderschön aus«, sagte er mit rauher Stimme.

»Ich wollte so aussehen.«

»Für mich?«

»Sie wissen, daß das der einzige Grund ist.«

Ein Stöhnen schien sich seiner Brust zu entringen. »Sie verfolgen mich. Überall, wo ich hingehe, suche ich nur immer Sie. Ich suche Ihr Gesicht mit den Augen so blau wie ein englischer Sommerhimmel, mit den roten Lippen – ich habe sie geküßt und kann es nicht vergessen. Warum sind Sie fortgelaufen?«

Elisabeths Finger verkrampften sich. »Sie waren verärgert. Ich weiß nicht, was los war. Ich habe nicht verstanden, warum Sie so mit mir sprachen.«

»Ja, ja, ich weiß«, sagte er. »Ich versuchte Sie zu hassen, aber es gelang mir nicht.«

»Mich zu hassen?« fragte sie. »Aber warum?«

»Ich kann es Ihnen jetzt nicht erklären – ich muß gehen, wir können hier nicht bleiben.«

»Sie müssen zurück zu Ihren Gästen – ich verstehe.«

»Wirklich? O Elisabeth! Es gibt so viel, was ich Ihnen sagen möchte, aber nicht zu sagen wage.«

Die Verzweiflung in seiner Stimme war deutlich zu hören. Dann spürte sie, wie er seine Arme um sie legte. Er hielt sie ganz fest und wagte es dennoch nicht, sie zu küssen. Statt dessen legte er seine Wange an die ihre.

»Was ist los? Bitte, sagen Sie es mir«, bat sie.

»Es geht nicht«, antwortete er. »Sprechen Sie nicht – es ist unsagbar schön, Sie so in den Armen zu halten. Sie gehen mir nicht mehr aus dem Sinn, Elisabeth!« Er hielt sie jetzt noch fester, und nun endlich suchte sein Mund den ihren. Zum ersten Mal erwiderte sie seine Küsse und fühlte die Seligkeit des Gebens. Seine Arme umfaßten sie fester, und seine Küsse wurden leidenschaftlicher, verlangender.

Plötzlich hörten sie Stimmen und Schritte, die sich näherten. »Ich muß gehen«, sagte Richard. Erneut küßte er Elisabeth. »Geh zurück in den Saal«, befahl er ihr. »Ich werde auf dem gleichen Weg hinausgehen, wie ich hereingekommen bin.«

»Werde ich dich wiedersehen?«

»Bald«, antwortete er. »Sehr bald, das verspreche ich dir.« Einen Augenblick lag sie noch in seinen Armen, dann hob sie gehorsam den Vorhang und trat in den hellerleuchteten Ballsaal hinaus.

Als Richard auf seiner Seite hinausgehen wollte, sagte

eine Stimme: »Hoffentlich ist der Zar nicht im Saal, wenn sie zurückkommt, sonst wird sie noch mißtrauisch.«

»Katharina!« entfuhr es Richard.

»Natürlich, Katharina«, äffte sie ihn nach.

»Wie lange bist du schon hier?«

»Ziemlich lange, mon cher. Ich habe gesehen, wie du dich davonmachtest, als sich der Zar zum Essen begab, und bin dir gefolgt.«

»Ich hoffe, es hat dich wenigstens amüsiert.«

»Ich war ganz hin und weg. Du hast mir doch immer gesagt, du verabscheutest diese Intrigen.«

»Ganz richtig, besonders, wenn ich mitspielen muß.«

»Nun, zumindest wissen wir, daß du bei dieser Maskerade nicht ganz kalt bleibst.«

»Das, wenn du gestattest, ist doch wohl meine Sache.«

»Wirklich?« Er wußte, daß sie lächelte, obwohl er ihr Gesicht nicht sehen konnte. »Ich könnte mir vorstellen, daß es wohl auch mich etwas angeht.«

»Hör zu, Katharina«, sagte Richard ungeduldig, »die Situation ist ziemlich verfahren und nicht besonders angenehm, aber es ist doch nicht meine Schuld, daß sich der Zar so zum Narren macht.«

»Sie ist sehr hübsch, diese neue Spionin Metternichs«, sagte Katharina. »Aber liebt sie wirklich dich oder nicht vielmehr den Zaren, dem sie Informationen entlocken möchte?«

»Darüber werde ich mit dir nicht reden.«

»Oh, wie formell du auf einmal bist.«

Katharina war ihm immer näher gekommen. Da er ihr Parfüm riechen konnte – den Rosenduft, der ein Teil ihrer

Person zu sein schien –, wußte er, daß sie nur ein, zwei Schritte von ihm entfernt war.

»Richard, bist du mir immer noch böse?« fragte sie schmeichelnd. »Ich kann doch nichts dafür, daß sie eine Spionin Metternichs ist. Und warum solltest du mir böse sein, wenn ich doch nichts anderes getan habe, als dich zu lieben?«

Ihre Worte verwirrten ihn, und er fühlte ihren Körper ganz nahe. »Es tut mir leid, Katharina«, sagte er rasch, »aber du weißt, was ich von den Intrigen am Hof halte. Ich möchte nichts mit ihnen zu tun haben.«

»Und dennoch scheinst du ihr nicht sehr böse zu sein, dieser Frau, die dich küßt, weil sie glaubt, du bist der Zar. Warum küßt du nicht jemand, der dich liebt, weil du du bist?« Ihre Arme legten sich um seinen Hals. Sie fühlten sich weich und warm an, doch für ihn waren es zwei Stahlbänder, die ihn gefangen zu nehmen drohten.

»Katharina, wir müssen zurück«, sagte er rasch. »Der Zar wird uns sicher schon vermissen.«

»Was macht das?« Er spürte, wie ihre Lippen die seinen suchten, und noch während er sein Gesicht abwendete, biß sie ihn ins Ohrläppchen. »Mein Richard!« flüsterte sie. »Hast du vergessen, was wir uns bedeuten?«

Ihr Körper umschlang den seinen, und er wartete auf das Aufflammen der Leidenschaft, die sie sonst immer in ihm entfacht hatte. Erstaunt stellte er fest, daß er ganz kühl und unbewegt blieb. Da wußte er, daß er befreit war, befreit von Katharina und ihrer Macht, die sie durch den Reiz ihres Körpers über ihn ausgeübt hatte.

»Ich will dich, Richard.«

Genauso gut hätte eine völlig Fremde zu ihm reden können. Ganz sanft löste er die Arme, die ihn umschlungen hielten. »Wir müssen gehen, Katharina«, sagte er. »Du weißt wie ich, daß wir in Schwierigkeiten kommen, wenn wir nicht beim Essen anwesend sind.«

Einen Augenblick dachte er, sie werde ihn beschimpfen. Er merkte, wie sie tief Luft holte; dann jedoch drehte sie sich ohne ein weiteres Wort um und verließ die Nische. Er sah, wie der Vorhang zurückfiel, und hörte, wie sie sich entfernte. Einen Augenblick erfüllte ihn Erleichterung, aber im nächsten Augenblick wußte er, daß dies nicht das Ende sein würde. Katharina würde ihm niemals vergeben, niemals!

9

Katharina betrat das Schlafzimmer des Zaren und blieb an der Tür stehen. Er hatte sicher gemerkt, daß sie eingetreten war, übersah aber ihre Anwesenheit und fuhr fort, in der Bibel zu lesen.

Ein zartes Lächeln umspielte Katharinas Lippen, während sie ihn beobachtete. Sie trug ein spitzenbesetztes Négligé aus rosa Taft, der leise raschelte, während sie durch das Zimmer ging. Das Kerzenlicht fiel auf ihre blonden Haare und gab ihr eine geheimnisvolle Schönheit, die des Zaren Aufmerksamkeit zu jeder anderen Zeit sicher gefesselt hätte.

Aber der Zar war wieder einmal das Opfer einer seiner Launen.

Fürst Wolkowski hatte Katharina vor einiger Zeit von diesen Launen berichtet und vorgeschlagen, sie solle doch versuchen, ihn auf andere Gedanken zu bringen. »Der Zar verliert an Popularität«, sagte er zu ihr. »Als er nach Wien kam, war jeder wegen seines Widerstands gegen Napoleon voll des Lobes über ihn. Außerdem glaubte jedermann an seine Herzensgüte und Friedenssehnsucht. In den letzten Wochen hat er jedoch zu viele Leute durch sein launisches Verhalten vor den Kopf gestoßen.«

»Ja, er kann sehr schwierig sein«, bestätigte Katharina.

»Schwierig?« Der Fürst lachte bitter auf. »Ich bin ihm näher als alle anderen, und er vertraut mir, denn er weiß, daß ich ihm mit allen meinen Fähigkeiten diene –«

»Sie sind natürlich unersetzlich«, unterbrach ihn Katharina schmeichlerisch.

»So, so«, stellte der Fürst trocken fest. »Es ist natürlich richtig, daß der Zar hier in Wien ohne mich kaum zuverlässige Informationen erhalten würde. Es gibt jedoch Zeiten, da bin auch ich am Ende mit meiner Weisheit.«

»Und dabei kann er so charmant sein«, sagte Katharina.

»Und auch so teuflisch«, fügte der Fürst hinzu.

Katharina lachte. »Ich versuche mein Bestes«, versprach sie.

Die harten Linien um des Fürsten Mund entspannten sich ein wenig. »Er mag Sie«, sagte er. »Wirklich, er mag Sie.«

Katharina zuckte mit den Achseln. »Hier und heute, ja. Morgen schickt er mich vielleicht schon nach Sibirien. Eh bien! Ich werde sehen, was sich machen läßt. Geht es wieder um Metternich?«

»Natürlich! Aber damit nicht genug: Heute morgen hat der Zar erfahren, daß Marie Narischkin eine Affäre mit einem jungen Kavallerieoffizier hat.«

»Wer hat ihm das gesagt?« fragte Katharina scharf.

»Ich nicht«, antwortete der Fürst. »Ich erzähle ihm nur das, was er wissen soll, aber er hat natürlich noch andere Informationsquellen, wie Sie wissen.«

»Marie Narischkin bleibt doch immer die alte«, rief Katharina. »Wahl- und schamlos, was die Männer betrifft. Es wundert mich nicht, daß sie einen neuen Liebhaber hat, doch derzeit kann das katastrophale Auswirkungen haben. Der Zar liebt sie.«

»Ich bin mir da nicht so sicher – ich denke eher, er hat sich an sie gewöhnt, so wie ein Kind sich an eine Puppe gewöhnt hat«, widersprach der Fürst.

»Kann aus Liebe eine armselige Gewohnheit werden?« fragte Katharina.

»Im Dunkeln sind alle Katzen grau«, antwortete der Fürst.

Katharina lachte und warf den Kopf zurück. »Sind Sie wirklich so zynisch?« fragte sie.

»Nicht, wenn es um Sie geht, meine Liebe«, erwiderte er und verbeugte sich, um ihre Hand zu küssen.

Jetzt lag der Zar auf seinem harten Bett, das aber von einem erlesenen Überwurf bedeckt war. Er trug einen Morgenmantel von grünem Brokat, und an seinem Finger glitzerte ein Diamant, wenn er die Seiten der Bibel umblätterte.

Katharina trat zu ihm und fiel mit unnachahmlicher Anmut auf die Knie. »Ich möchte mir Ihnen reden, Sire«, sagte sie leise.

»Worüber?« Die Frage klang streitlustig.

»Über Ihre Person. Wir machen uns alle große Sorgen um Sie.«

»Ich habe keine Freunde. Ich kann niemand trauen«, erwiderte der Zar.

»Vielleicht legen Sie einen zu strengen Maßstab an«, sagte Katharina ruhig. »Denken Sie doch, daß nur wenige es Ihren Körper- und Geisteskräften gleichtun können, Sire.«

»Das ist wahr«, stimmte der Zar ihr zu.

»Vor allem die Frauen, so wie ich, sind schwach und töricht«, sagte Katharina. »Seien Sie nicht zu streng mit uns.«

»Manche Dinge kann man einfach nicht ertragen«, erwiderte der Zar. Seine Stimme wurde auf einmal ganz schrill. Er stand auf und lief im Zimmer auf und ab.

»Hören Sie mir zu, Sire«, sagte Katharina. »Ich glaube, ich weiß einen Weg, wie Sie sich nicht nur an Marie Narischkin, sondern auch an Metternich rächen können.«

»Rächen?« fragte der Zar und stand auf einmal still.

Katharina nickte.

»Sag, los, sag«, befahl er ungeduldig.

Katharina sah sich um. »Nicht so laut«, flüsterte sie. »Wer weiß, wer hier zuhört!« Sie erhob sich und ging zum Kamin hinüber, in dem ein großes Holzfeuer brannte. »Kommen Sie und setzen Sie sich, Sire«, schlug sie vor. »Was ich Ihnen zu sagen habe, ist nur für Ihre Ohren bestimmt.«

Der Zar folgte ihr und setzte sich in einen Sessel neben dem Kamin, während Katharina erneut vor ihm niederkniete. »Metternich interessiert sich für Elisabeth Schönborn«, sagte sie.

»Das Mädchen, mit dem sich Richard getroffen hat? Was ist so Besonderes an ihr?« fragte der Zar.

»Sie haben sie also noch nicht gesehen?« fragte Katharina. »Sie ist schön, und ich habe den Verdacht, daß sie Metternich näher steht als jede andere Frau.«

»Ich interessiere mich nicht für Metternichs Frauen«, sagte der Zar mürrisch.

»Aber angenommen, Sie könnten ihn durch eine von ihnen tief verletzen?« fragte Katharina.

»Wie das? Was willst du damit sagen?« fragte der Zar.

»Elisabeth Schönborn ist Metternichs Tochter«, flüsterte Katharina.

»Sind Sie sich dessen sicher?«

»Ganz sicher«, antwortete Katharina. »Fürst Wolkowski hat Erkundigungen über sie eingezogen. Sein Informant kam gestern aus ihrer Heimat in den Bergen zurück. Metternich war dort vor fast neunzehn Jahren auf Urlaub. Wenn Sie sich Elisabeth Schönborns Augen ansehen, dann sehen Sie Metternichs Augen.«

»Kann das wahr sein?« fragte der Zar.

»Die Tatsachen sind unbestreitbar«, erwiderte Katharina. »Als die Gräfin Charlotte Schönborn auf dem Totenbett lag, schickte sie ihre Tochter nach Wien. Sie sprach zu ihren Angehörigen über ihre tiefe Verehrung für Metternich. Und obwohl sie ihn fast neunzehn Jahre lang nicht gesehen hatte, war sie sicher, er würde ihrem Kind helfen. Elisabeth Schönborn kam nach Wien, und der Fürst sorgte sofort für sie. Sie war schon überall und kennt mittlerweile jedermann. Sagen Sie selbst, ob das nur ein Freundschaftsdienst ist oder doch mehr.«

»Weiß es das Mädchen?«

»Das weiß ich nicht, Sire«, antwortete Katharina. »Aber darauf kommt es auch gar nicht an. Das einzige, was zählt, ist die Tatsache, daß sie in Sie verliebt ist.«

»In mich?« fragte der Zar. »Aber ich habe sie doch noch nie gesehen.«

»Sie vergessen, Sire, daß Richard die Rolle des Zaren gespielt hat.«

»Sie hat sich also in ihn verliebt?«

»Ja, weil es ihr zu Kopf gestiegen ist, daß sie sich mit dem Zaren aller Reußen trifft, dem größten Krieger seit Alexander dem Großen, einem Mann, den Frauen einfach unwiderstehlich finden.«

»Ist sie hübsch?«

»Sehr schön«, schwärmte Katharina. »Und sie ist jung, unberührt – eine Jungfrau.«

»Was schlägst du im einzelnen vor?« fragte der Zar. Er saß nun hellwach und voller Eifer in seinem Sessel.

»Ich schlage vor«, antwortete Katharina sanft, »daß Sie Metternichs Tochter zu Ihrer Geliebten machen.«

»Glaubst du, das würde ihn treffen?«

»Ich denke«, antwortete Katharina, wobei sie ihre Worte wohl bedachte, »daß Metternich an Ihre Treue zu Marie Narischkin glaubt. Es ist wohlbekannt in Wien, daß

Sie sich genau an das Gelöbnis halten, das sie Ihnen abgenommen hat.«

»Woher sollte Metternich davon Kenntnis haben?« fragte der Zar verärgert.

»Marie Narischkin brüstet sich damit ganz offen. Es ist eine ungeheure Anmaßung von ihr – sie weiß Ihre Liebe überhaupt nicht zu schätzen.«

Des Zaren Augen leuchteten grimmig auf. »Sie schätzt mich einfach nicht«, sagte er. »Dieser Hauptmann der Kavallerie – hast du von ihm schon gehört?«

»Es tut mir leid, Sire, aber ich verkehre nicht mit solchen Leuten.«

»Es ist einfach unerträglich, daß jemand so Unbedeutendes an meine Stelle treten soll.« Der Zar geriet in Wut.

»Marie Narischkin glaubt nicht, daß Sie sich darüber aufregen«, stachelte Katharina ihn weiter an. »Sie haben bisher alles hingenommen.«

Der Zar sprang auf. »Zu lange schon!« rief er erbost. »Ich werde ihr zeigen, daß ich kein Lakai bin, mit dem man nach Belieben umspringen kann.«

»Und Sie können es gleichzeitig Metternich zeigen, Sire.«

»Und Metternich zeige ich es auch«, wiederholte der Zar. »Wie wollen wir vorgehen?«

»Ich habe bereits einen Plan«, sagte Katharina. »Heute abend sollten wir eigentlich hier dinieren. Statt dessen müssen Sie eine Botschaft an den Grafen Razumovsky schicken, daß Sie ihm die Ehre erweisen werden, in seinem Palais zu speisen. Sorgen Sie dafür, daß wir alle hingehen, einschließlich Richard.«

»Gut, und wie weiter?«

»Im letzten Augenblick müssen Sie eine Entschuldigung finden, daß Sie nicht kommen können, Sire. Wir werden ohne Sie gehen, weil Sie es uns einfach befehlen werden. Nachdem Sie gegessen haben, wird es Ihnen viel besser gehen, und Sie werden sich auch zum Palais begeben. Sie werden es jedoch durch eine Seitentür betreten und über eine Geheimtreppe in einen Salon im ersten Stock gehen. In einer Nachricht wird die Gräfin Schönborn aufgefordert, dort mit Ihnen zusammenzutreffen.«

»Wozu muß jedermann im Palais sein?« fragte der Zar.

»Verstehen Sie denn nicht? Wir wollen auf keinen Fall, daß irgend jemand Verdacht schöpft. Baron Hagers Spione sind überall. Er wird wissen, wo Sie speisen. Es wäre möglich, daß Elisabeth Schönborn im letzten Augenblick davor gewarnt wird, sich zu dem Palais zu begeben; wenn jedoch sogar die Zarin dort ist, dann kann niemand etwas dagegen haben.«

Es war eine schwache Ausrede, aber der Zar merkte es nicht. In Wirklichkeit wollte Katharina ganz sicher sein, daß Richard den ganzen Abend beschäftigt war; sie ahnte, daß er sich mit Elisabeth treffen wollte. Wenn man in der Hofburg dinierte und er sich von der Gesellschaft entfernte, würde sie kaum mit ihm Schritt halten können. Als Gast des Grafen Razumovsky jedoch würde er aufgehalten sein, zumindest bis der Zar seine Absichten in die Tat umgesetzt hatte.

»Ja, ja, du hast sicher recht«, sagte der Zar entschieden.

»Niemand darf von Ihren Absichten wissen, niemand. Sie werden auch Richard gegenüber nichts erwähnen?«

»Nein, natürlich nicht. Du bist sicher, daß das Mädchen in mich verliebt ist?«

»Ja. Den Zaren Alexander von Rußland zu kennen ist ihr einfach zu Kopf gestiegen. Denken Sie daran, daß die Kleine Sie jeden Tag sehen kann, wenn Sie Paraden abnehmen oder im Prater spazieren fahren. Sie ist jung und unerfahren. Können Sie sich vorstellen, was es für sie bedeutet, daß ihr der bestaussehende Mann der zivilisierten Welt seine Aufmerksamkeit schenkt?«

Der Zar kniff Katharina in die Wange. »Du schmeichelst mir, Katharina«, sagte er, »aber wir verstehen uns einfach gut, du und ich.«

»Sire, Sie sind sehr freundlich zu mir«, antwortete Katharina. »Sie wissen, daß ich alles für Sie tun würde.«

»Ich glaube dir«, sagte der Zar. »Und du glaubst, Metternich wird sich darüber ärgern?«

»Sowohl Metternich als auch Marie Narischkin werden schäumen.«

»Der Gedanke an ihre Wut hebt meine Laune ungeheuer«, antwortete der Zar. »Das Mädchen wird also kommen, wenn ich nach ihr schicke?«

»Aber sicher, Sire, wenn sie weiß, daß sie sich mit Ihnen treffen kann«, antwortete Katharina.

Der Zar lächelte, seine schlechte Laune war verflogen. Er betrachtete sich in einem Spiegel, der über dem Kamin hing. »Ich werde meine weiße Uniform tragen«, sagte er. »Frauen bewundern Uniformen.«

»Das hängt davon ab, wer in der Uniform steckt, Sire«, schmeichelte ihm Katharina. »Sie vergessen doch nicht, das Essen im Palais Razumovsky arrangieren zu lassen?«

»Ich werde dem Grafen sofort eine Nachricht schikken«, erwiderte der Zar. »Ich muß aber hier speisen?«

»Ja, hier, Sire – wegen Kopfschmerzen.«

»Ich werde daran denken«, antwortete der Zar.

Katharina drückte ihre Lippen auf seine Hand, während sie einen tiefen Knicks machte. »Diese junge Frau kann sich glücklich schätzen, Sire«, murmelte sie und verließ das Zimmer, während er sich weiter lächelnd im Spiegel begutachtete.

Drei Stunden später lächelte der Zar noch immer, als er durch die Geheimtür den Salon im ersten Stock des Palais Razumovsky betrat. Alles war ganz nach Plan verlaufen. Das kaiserliche Gefolge hatte die Hofburg verlassen, wenn auch etwas verstört von der Nachricht, Seine Majestät werde es nicht begleiten. Der Zar hatte in seinen Privatgemächern zu Abend gegessen, wonach er sich einen dunklen Mantel übergeworfen hatte und die Seitentreppe zu einer wartenden Kutsche hinuntergeeilt war.

Bewundernd sah er sich in dem Zimmer um. Große Blumengebinde erfüllten die Luft mit ihrem Duft, das Zimmer war gut geheizt, und im Kamin brannte ein lebhaftes Feuer. Auf einer Seite des Raumes befand sich ein großer Wandspiegel, in dem er sein Abbild erkennen konnte. Butinski hatte ihn heute abend anders frisiert. Die Frisur stand ihm gut, dachte er, sie verdeckte die ersten dünnen Stellen über der Stirn, die ihm allmählich Sorgen machten.

Er fragte sich, wie weit Richard in seinem Umgang mit der jungen Frau bisher gegangen war. Katharina hatte gemeint, sie sei in ihn verliebt. Er hatte auf keinen Fall vor zuzugeben, daß bei den vorangegangenen Treffen ein anderer seine Stelle eingenommen hatte – Metternich durfte nie erfahren, wie schlau er ihn ausgespielt hatte. Es würde sicher noch viele Gelegenheiten geben, bei denen Richard hilfreich sein konnte. Richard war ein guter Mann, er würde ihn nach dem Kongreß mit nach Rußland nehmen.

Der Zar strich sich gerade eine Locke aus der Stirn, als er hörte, wie sich die Geheimtür leise öffnete. Er hatte kaum Zeit, Elisabeth genau in Augenschein zu nehmen, da lief sie auf ihn zu.

»Oh, du bist heute abend nicht maskiert«, rief sie, »wunderbar, wie –« Sie unterbrach sich. Er hatte ihr die Hände gereicht, und ganz ungezwungen hatte sie sie ergriffen. Bei der ersten Berührung jedoch verstummte sie plötzlich, und der glückliche Ausdruck auf ihrem Gesicht war wie weggewischt. »Du ...«

»Was ist los?« fragte er. »Freust du dich nicht, mich zu sehen?«

»Aber natürlich«, antwortete sie. »Den ganzen Tag über habe ich mich gefragt, ob ich von dir hören würde, und als deine Nachricht kam ... Aber alles ist so merkwürdig. Du bist so anders. Kann eine Maske so viel ausmachen?«

»Ich bin anders? Was hast du erwartet?«

»Ich erwartete dich«, antwortete Elisabeth und hob ihre Hand, »aber es ist nicht das gleiche Gefühl.«

»Vielleicht ist es das, was fehlt?« fragte er und legte seine Arme um sie.

Sie versuchte nicht, ihm zu widerstehen, aber sie starrte ihn mit verwirrten Augen an.

»Du siehst sehr schön aus«, sagte er bewundernd, zog sie näher zu sich heran, beugte den Kopf und fand ihre Lippen.

Einen Augenblick schien sie den Kuß zu erwidern, dann wand sie sich los. »Erzähl mir doch, was du den ganzen Tag gemacht hast«, sagte sie. »Ich habe eigentlich erwartet, dich im Prater oder beim Konzert zu treffen.«

»Geh nicht fort«, sagte der Zar. »Deine Lippen sind so weich und warm.«

Sie sah ihn kurz an und blickte rasch wieder zur Seite.

»Und dein Haar hat die Farbe des Herbstlaubs, bevor es der Wind davonbläst.« Er legte seinen Arm um sie und zog sie an sich.

Doch plötzlich schob Elisabeth ihn von sich. »Nein, nein«, schrie sie.

»Hast du Angst vor mir?« fragte der Zar.

»Nein ... Aber ich weiß nicht, was ich davon halten soll. Es ist nicht wie sonst – irgendwie ist es nicht wie sonst.«

»Sieh mich an«, befahl der Zar, und als sie es tat, zog er sie an sich. »Du kennst mich, so wie ich dich kenne. Heute abend sind wir allein zusammen. Ich habe meine Maske abgenommen. Hast du Angst, weil du den Zaren in mir siehst?«

»Nein, das ist es nicht!« antwortete Elisabeth.

»Dann brauchst du auch keine Angst mehr zu haben«, sagte der Zar, »denn ich bin auch ein Mann.« Sanft hob er sie auf und trug sie zu dem mit Kissen bedeckten Bett. Auf dessen Mitte ließ er sie nieder; dann, als sie versuchte, sich zu befreien, beugte er sich nieder und küßte sie. Sie wollte rufen. Seine Lippen waren hart, und sie hatte das Gefühl, fast zu ersticken. Sie spürte seine Hände auf ihren nackten Schultern und an ihrem weichen Hals.

Einen Augenblick hob er den Kopf, da schrie sie ihn an: »Laß mich los! Bitte laß mich los!«

»Aber warum? Ich liebe dich, und du liebst mich.«

»Wir haben kein Recht dazu! Es ist falsch«, antwortete Elisabeth. »Bitte laß mich los!«

Er sah auf sie hinunter, seine Hände hielten sie fest. In seinem Gesicht veränderte sich nichts. Seine Augen beobachteten sie mit einer Kühle, die sie mehr erschreckte als heiße Leidenschaft. Das Lächeln um seinen Mund war sinnlich und grausam zugleich.

»Laß mich los, ich bestehe darauf!«

»Und wie, wenn ich fragen darf?« fragte er. »Du bist mein.« Wieder beugte er sich nieder und vergrub seine Lippen in ihrem weichen Hals.

»Ich schreie«, rief sie.

»Und wie willst du schreien, wenn ich deinen Mund mit Küssen verschließe?« fragte der Zar.

Sie kämpfte gegen seinen Mund an. Sie spürte seine Hände auf ihrem Körper und versuchte mit letzter Kraft, ihn von sich zu schieben. Sie hörte, wie ihr Kleid zerriß, doch blieb sie völlig hilflos unter ihm. Aber dann hörte sie Stimmen, Rufe, gefolgt von hysterischen Schreien.

Der Zar hatte sie auch gehört und hob den Kopf.

»Da kommt jemand«, stieß Elisabeth hervor.

Er erhob sich von dem Bett.

»Feuer! Feuer!«

Sie hörte die Worte ganz deutlich. Der Lärm und Tumult kam näher.

»Feuer!«

Benommen setzte sie sich auf und hörte noch das Geräusch der Geheimtür, die er hinter sich zuzog. Sie berührte ihre Lippen mit den Fingern und merkte, daß ihr Mund blutete. Sie zog ihr zerzaustes Kleid zurecht, und mit Anstrengung gelang es ihr, sich von dem Bett zu erheben, nur um jedoch daneben hinzusinken. Verzweifelt barg sie das Gesicht in den Händen.

Der Zar war weg – das war alles, woran sie im Augenblick denken konnte; doch wußte sie, daß die Angst noch länger in ihrem Herzen wohnen würde.

Dann, als ihr das Ausmaß des entsetzlichen Geschehens bewußt wurde, spürte sie, wie sie fiel. Haltlos ließ sie es zu und fiel, fiel in die Dunkelheit.

10

Richard war schon den ganzen Tag über ruhelos gewesen. Nicht Katharinas Eifersucht machte ihn unruhig, sondern seine eigenen Gefühle. Er war sich nicht ganz sicher, was er Elisabeth gegenüber empfand.

In unglaublich kurzer Zeit hatte sie einen derartigen Einfluß auf ihn gewonnen, daß er andauernd an sie denken mußte. Ihr Gesicht verfolgte ihn, ihre blauen Augen standen zwischen ihm und dem Rest der Welt. Er ertappte sich dabei, daß er nach ihr suchte, egal, wo er sich befand: Inmitten der Tanzenden in einem Ballsaal, der Damen einer Jagdgesellschaft oder der Spaziergänger im Prater, immer suchte er nach ihr.

Doch obwohl sein Mund nur allzu gern »Ich liebe dich« gesagt hätte, verspürte er auch das Zögern seines Verstandes. Allzu oft schon hatte er ein hübsches Gesicht vergöttert; er hatte viele Frauen kennengelernt und sie attraktiv gefunden, nur um ebenso rasch wieder ein Abkühlen seiner Gefühle zu erfahren. Er zweifelte, daß er in Elisabeth eine gefunden hatte, die ganz anders als die anderen, längst vergessenen war.

Elisabeth war jung, noch gar keine richtige Frau. Er betete sich die Gründe, die gegen diese Liebe sprachen, oft genug vor, doch sein Herz ließ sich nicht überzeugen.

In der Nacht nach dem Ball konnte er keinen Schlaf finden, und nachdem er sich einige Stunden im Bett herumgeworfen hatte, stand er auf, zog sich an und ging in den Garten der Hofburg hinaus. Es hatte seit dem frühen Abend geschneit, und die Welt lag im fahlen Mondlicht unter einer weißen Decke. Der Garten zeigte sich ihm in einer Schönheit, die ihn sofort an Elisabeth erinnerte.

Vielleicht war sie deshalb so anders als die anderen, weil sie kaum Umgang mit anderen Menschen gehabt hatte. Er stellte sie sich vor, wie sie in ihrer einsamen Gebirgsheimat ein abgeschiedenes Leben führte. War sie anders als die anderen Frauen, die er geküßt hatte? Er erinnerte sich an seine heiße Liebesaffäre mit Lady Isobel Manvers zu Beginn seines Londoner Aufenthalts, an die Hochstimmung, als sie ihm erlaubte, ihre Lippen zu berühren. Dieser Augenblick hatte aus ihm, dem scheuen Burschen, einen Mann gemacht.

»Morgen fahre ich nach Guildford zu Lord Sutton«, flüsterte sie. »Komm mit.«

Er war dankbar mitgefahren. Auf dem Schloß der Suttons akzeptierte man ihn als Isobels Partner. Er bemerkte, daß es eine Verbindungstür von seinem Schlafzimmer zu dem ihren gab. Sie erwartete ihn mit offenen Armen. Er genoß diese Nächte, doch war damals das Idealbild gestorben, das er sich von den Frauen gemacht hatte. Waren alle Frauen wie Isobel, wenn sie nur die Gelegenheit dazu hatten? Er fand seine Meinung bestätigt, wenn sie nur allzu leicht dahinschmolzen und ihn im nächsten Augenblick mit seinem besten Freund betrogen.

»Vernasche sie wie reife Früchte«, hatte ihm sein Großvater geraten, der sich selbst am striktesten an diesen Rat hielt, bis er im reifen Alter von achtzig Jahren an einem Schlaganfall starb, als er hinter einer jungen Balletteuse die Treppe hinaufjagte.

Doch Elisabeth war rein. Er würde sein Leben darauf verwetten, daß er der erste Mann war, den sie geküßt hatte. Richard lief bis zum Morgengrauen durch den Schnee. Dann erst ging er in seine Zimmer zurück und schlief traumlos bis Mittag. Weil er so spät aufstand, verpaßte er die Gelegenheit, Elisabeth am Morgen zu sehen. Eigentlich hatte er vorgehabt, sie vor dem Mittagessen aufzusuchen und ihr die ganze Wahrheit zu erzählen. Es war Zeit, die Maskerade zu beenden.

Aber als er ausgehbereit war, bat ihn der Zar zu sich, und so mußte er Alexander auf seinem Rundgang zu den übrigen Herrschern begleiten, bei denen man die Ereignisse des vorhergehenden Tages genüßlich besprach.

Dann fand eine Schlittenfahrt statt, bei der er ebenfalls anwesend sein mußte. Bitterer Frost war auf den Schneefall der Nacht gefolgt, und eine riesige Menschenmenge hatte sich auf dem Platz vor der Hofburg eingefunden, wo man die Schlitten besteigen wollte.

Sobald jedermann Platz genommen hatte, ertönte ein Trompetensignal, und der Zug fuhr los. Die Spitze bildete ein Trupp Berittener, gefolgt von einem Schlitten, auf dem eine Regimentskapelle saß. Nachdem man durch die Straßen Wiens gefahren war, ging es im Galopp nach Schönbrunn.

Im ersten Schlitten saßen Kaiser Franz von Österreich und die Zarin, die wie alle übrigen Damen bis zur Nasenspitze in Pelze gehüllt war.

Richard hatte eigentlich erwartet, im gleichen Schlitten wie Katharina zu sitzen. Statt dessen war seine Begleiterin die Gräfin Sophie Zichy, die, ohne sich um seine Einsilbigkeit zu kümmern, fröhlich plauderte.

Seine Aufmerksamkeit erwachte erst, als sie bei der Ankunft in Schönbrunn von einer Schar von Schlittschuhläufern begrüßt wurden, die in den Trachten Nordeuropas auftraten. Wieder hielt er nach Elisabeth Ausschau und ärgerte sich gleichzeitig, daß sie ihn so beschäftigte.

Livrierte Lakaien servierten all jenen, die sich nicht auf dem Eis vergnügen wollten, heiße Getränke.

Die Gräfin nahm ein Glas. »Wir sollten auf Ihre Gedanken trinken«, sagte sie mit leiser Ironie in der Stimme.

Richard fuhr auf und bemerkte, wie unhöflich er sich benommen hatte. »Sie müssen mir verzeihen«, sagte er. »Ich sollte mich Ihnen widmen.«

»Sie werden wohl verliebt sein«, antwortete sie. »Ich erkenne die Anzeichen nur zu gut.«

»Komisch. Das ist genau die Frage, die ich mir stelle. Bin ich verliebt? Woher weiß ich es?«

»Das kann nur Ihr Herz verraten«, erwiderte sie.

»Ich fürchte, ich kann meinem Herzen nicht trauen«, sagte Richard.

»Dann vertrauen Sie mir«, lächelte sie. »Meine Ahnung verrät mir, daß Sie verliebt sind.«

»Warum glauben Sie das?« fragte er.

»Vielleicht habe ich manchmal eine besondere Gabe, dergleichen zu ahnen«, antwortete sie. »Außerdem sehe ich einen gewissen Ausdruck auf Ihrem Gesicht, der mir verrät, daß Sie einem schönen Erlebnis entgegensehen, daß Sie aber fürchten, es könnte sich nur um ein Hirngespinst handeln.«

Richard hob sein Glas. »Auf Ihre charmanten Augen«, sagte er. »Leider weiß ich nicht so recht, ob Sie mir nun geholfen haben oder nicht.«

Die Worte der Gräfin verfehlten nicht ihre Wirkung, und als sich die Gesellschaft endlich auf den Weg zurück nach Wien machte, spürte Richard ein so großes Verlangen, Elisabeth zu sehen, wie es ihn noch nie zuvor erfüllt hatte.

Bei ihrer Ankunft in der Hofburg war es zu spät, um Elisabeth noch vor dem Abendessen aufzusuchen. Richard zog sich also um und nahm sich vor, den Besuch später am Abend nachzuholen. Da kam eine Botschaft vom Zaren, daß sie alle im Palais Razumovsky dinieren würden.

»Der hält Sie ganz schön auf Trab, nicht wahr, Chef?« bemerkte Harry. »Eigentlich sollte man denken, die feinen Pinkel würden es sich einmal gemütlich machen und die Füße hochlegen.«

»Das wäre sicher einmal etwas anderes«, stimmte Richard ihm zu.

»Wenn Sie mich fragen, Chef, dann tut Ihnen die ganze Umzieherei und das Ausgehen überhaupt nicht gut«, fuhr Harry fort. »Sie sehen müde aus, und Ihr Gesicht ist ganz blaß. Ihnen fehlt ein Tag draußen bei der Fasanenjagd oder auf dem Pferd hinter einem verdammten Fuchs her.«

»Halt den Mund, verdammt noch mal!« Richard fluchte nicht oft über Harry, aber diese Worte mußten einfach heraus. Harrys Bemerkung löste in ihm fast unerträgliches Heimweh aus. Plötzlich sehnte er sich nach dem leeren, verschlossenen Haus, das er sein Zuhause nannte. In den Wäldern würden jetzt die Fasane auffliegen, sein Pferd im Stall war sicher schon ganz unruhig, und im Geist hörte er das Bellen der Hunde und den Klang des Jagdhorns.

Würde er sein ganzes Leben mit der Jagd nach Frauen und dem Champagner fremder Leute verbringen müssen? Schweigend musterte er sein finsteres Spiegelbild und wanderte langsam durch die langen Korridore in den Salon, wo man sich treffen wollte, bevor man zum Palais Razumovsky aufbrach.

Daß sie der Zar im letzten Augenblick allein gehen ließ, erschien Richard eher als Erleichterung. Wenn er in Laune war, konnte Alexander zwar ein guter Unterhalter sein, doch herrschte in seinem Beisein immer eine gewisse Steifheit. Ohne seine Gegenwart gelang es bisweilen sogar der

Zarin, sich zu entspannen und amüsant zu sein, während sie mit ihm kaum zu ertragen war.

Daher war das Abendessen, bei dem Graf Razumovsky den Gastgeber spielte, eine vergleichsweise erfreuliche Angelegenheit. Die ausgezeichneten Speisen und der gute Wein hoben Richards Stimmung wieder. Nach dem Essen saß man in kleiner Runde und unterhielt sich; ein- oder zweimal warf Richard heimlich einen Blick auf die Wanduhr, in der Hoffnung, doch noch zu seinem geplanten Besuch zu kommen. Als aber die Stunden vergingen, wurde ihm klar, daß er vergebens hoffte. Er war gerade dabei, ein Gähnen zu unterdrücken, als sich die Zarin erhob.

»Wir danken Ihnen erneut für einen äußerst angenehmen Abend«, sagte sie gnädig zu Graf Razumovsky, der sich über ihre Hand beugte. In diesem Augenblick hörte man einen lauten Ruf vor der Tür. Dann flog sie auf, und jedermann erstarrte.

»Feuer! Feuer! Das Palais steht in Flammen!« Ein Diener stand in der Tür, dessen Gesicht schwarz von Ruß war.

»Wir müssen die Damen hinausbringen«, sagte Richard schnell. Er bot der Zarin seinen Arm, und ungeachtet der Etikette, wonach ihm ein derartiges Handeln nicht zustand, übernahm er das Kommando.

Als er mit der Zarin die Marmortreppe hinuntereilte, schloß er aus den Rauchschwaden, die in die Eingangshalle quollen, daß das Feuer sich schon ziemlich ausgebreitet hatte. Sobald die Zarin und die sie begleitenden Damen im Garten in Sicherheit waren, lief Richard zum Palais zurück, um zu sehen, wer sonst noch gerettet werden mußte.

Über die Treppen strömten nun die Diener und Gäste ins Freie. Der Graf war dabei, Anweisungen zu geben, wie man wenigstens einen Teil der Kunstschätze und Möbel retten konnte, bevor sie ein Raub der Flammen wurden.

Richard fand drei Hündchen zusammengekauert in einem Zimmer und brachte sie in Sicherheit, obwohl sie sich angesichts der Flammen und des Rauchs gegen seinen Griff wehrten. Als er sie im Freien absetzte, spürte er eine Hand auf seinem Arm. Er drehte sich um und stand Katharina gegenüber.

Sie sah ihn mit einem verzweifelten Blick an. »Richard, hilf mir! Ich habe mich gerade an etwas erinnert«, rief sie.

»Was ist los?« fragte er.

»Der Zar!« antwortete sie. »Er ist da drinnen.« Mit Entsetzen wies sie auf das brennende Gebäude. Man konnte eine Explosion hören, und dann stürzte eine Mauer ein.

»Der Zar?« wiederholte Richard. »Aber er ist doch nicht mitgekommen. Er ist in der Hofburg.«

»Nein, nein«, rief Katharina. »Er ist nach uns hierhergekommen. Er ging die Geheimtreppe zu dem Salon hinauf, wo du auch schon warst.«

Während sie noch sprach, durchfuhr Richard ein Gedanke wie ein Dolchstoß. »Was soll das heißen?« fragte er unwirsch. »Wen wollte er dort treffen?« Er sah Katharinas Gesicht im Schein der Flammen und ahnte ihre Antwort, bevor ihre Lippen die Worte aussprachen. Er drehte sich um und eilte davon.

»Richard, Richard, paß auf!« Er hörte Katharina schreien, verlangsamte aber seine Schritte nicht und sprang in den Rauch und die Flammen, die ihm am Eingang entgegenschlugen. Die Haupttreppe war noch intakt. Er lief sie hinauf und rannte, so schnell er konnte, durch die langen Gänge.

Er war nur einmal in dem Zimmer gewesen, das Graf Razumovsky hatte einrichten lassen, um sich insgeheim mit Gästen treffen zu können, die unerkannt bleiben wollten. Glücklicherweise besaß Richard einen sehr guten Orientierungssinn, und bald befand er sich in dem Teil des Palais, den die Flammen noch nicht erreicht hatten.

Während er dahinlief, stieß er die Türen auf – ein Schlafzimmer, ein kleines Wohnzimmer, ein Durchgang voller Statuen, weitere Schlafzimmer und schließlich – er war bereits der Verzweiflung nah – ein Zimmer, das er nur zu gut kannte.

Einen Augenblick glaubte er, es sei leer, bis er Elisabeth auf dem Boden liegen sah. Ein Entsetzen erfaßte ihn, wie er es in seinem Leben noch nicht verspürt hatte. Er hielt sie für tot; dann, als er bei ihr niederkniete, bemerkte er, daß sie nur ohnmächtig war. Ihr Gesicht war bleich, aber ihr Körper fühlte sich warm an.

Er nahm sie in seine Arme, und jetzt öffnete sie die Augen. Sie starrte ihn an und rief: »Du bist da! Gott sei Dank!« Sie barg ihr Gesicht an seiner Schulter.

»Es ist alles gut, mein Liebling«, sagte er. »Ich bin da, und ich werde dich in Sicherheit bringen.«

»Er soll mich nicht ... anfassen!«

Einen Augenblick verstand er nicht, was sie sagen wollte. Dann bemerkte er das zerrissene Kleid und sah die Kissen auf dem Bett. Sein Mund wurde ganz schmal, und auf seinem Gesicht spiegelte sich unverhohlene Mordlust. »Niemand wird dich anfassen«, sagte er und drückte sie noch fester an sich. »Das verspreche ich dir.«

»Ich habe Angst – rette mich!«

Es war der Schrei eines Kindes, aber auch der Schrei einer Frau, die Schreckliches durchgemacht hat.

Ganz sanft hob Richard sie hoch. »Wir müssen sehen, daß wir hier hinauskommen, mein Liebling«, sagte er ruhig. »Das Palais brennt.«

»Deswegen hat man auf dem Gang so laut geschrien?« flüsterte Elisabeth. »Gott sei Dank bist du gekommen, bevor... bevor...«

Ihre Stimme brach, und plötzlich flossen ihre Tränen. Es waren Tränen der Erleichterung, die die erlittenen Schrekken fortschwemmten. Ein tiefes Schluchzen erschütterte sie.

Richard machte sich auf den Weg zur Tür.

»Setz mich ab, bitte setz mich ab!« bat Elisabeth.

Er tat, was sie wollte, trieb jedoch zur Eile.

Sie sah ihn an. In ihren großen Augen glitzerten noch die Tränen. »Ich verstehe nicht«, sagte sie. »Ich dachte, daß du es bist – zuerst. Doch du warst es nicht, obwohl ich dich schon so oft gesehen habe.«

»Denke jetzt nicht darüber nach. Ich werde dir später alles erklären. Das Palais steht in Flammen, und ich muß dich hier hinausbringen.« Er wollte sie erneut auf seine Arme nehmen, doch sie machte einen Schritt zur Seite.

»Ich kann laufen«, sagte sie. »Das geht einfacher. Erklärungen können warten, denn du bist jetzt da. Du warst es nicht, der da drinnen war ...« Ihre Lippen zitterten, und es war klar, woran sie dachte.

Er ergriff ihre Hand und zog sie mit sich. »Komm«, befahl er.

Sie eilten den Gang entlang, aber als sie zur Treppe kamen, sagte ihnen ein Blick auf die ihnen entgegentreibenden dichten Rauchschwaden, daß dieser Weg unpassierbar geworden war.

»Hier können wir nicht durch«, rief Richard.

»Warum nehmen wir nicht die Geheimtreppe?« stieß Elisabeth hervor.

Richard schüttelte den Kopf. »Ohne den Diener am Fuß dieser Treppe, der jetzt sicher nicht mehr da ist, haben wir keine Möglichkeit, die Tür aufzuschließen, denn wir haben keinen Schlüssel.«

»Es muß doch einen anderen Weg geben.«

Sie liefen auf der Suche nach einer Seitentreppe den Gang zurück, aber als sie schließlich eine fanden, leckten auch dort die Flammen bereits am hölzernen Treppengeländer.

»Wir müssen es an der Haupttreppe versuchen«, entschied Richard. »Vertraust du mir?«

Sie lächelte, und einen Augenblick sahen sie einander an, als gäbe es keinen Anlaß zu Eile oder Angst.

»Das weißt du doch«, antwortete sie.

»Und ich liebe dich.« Jetzt wußte er es. »Ich liebe dich aus ganzem Herzen und aus tiefster Seele.«

Ihre Lippen fanden sich. Er lachte auf. »Wir werden jetzt nicht sterben. Komm, ich weiß, was wir machen!« Er rannte in das nächste Schlafzimmer, riß ein Laken vom

Bett und machte es mit dem Wasser aus dem Waschkrug naß. Das nasse Laken legte er sich über Kopf und Schultern, dann nahm er Elisabeth in die Arme und hüllte auch sie in das Laken. »Halte dich fest, mein Liebling, und verbirg dein Gesicht!« Er spürte, wie ihre Arme sich um seinen Hals schlossen und ihre Lippen seine Wangen berührten. Dann drückte sie ihr Gesicht an seine Schulter, und die Decke umschloß sie.

Langsam schritt Richard die Treppe hinab. Sie waren sicher die letzten im Palais, und es würde ihnen niemand zu Hilfe kommen. Entweder sie brachten sich in Sicherheit, oder sie kamen in den Flammen um. Er holte tief Atem und merkte, wie sich Elisabeths Griff um seinen Hals verstärkte.

Dann sprang er ins Feuer. Er fühlte, wie es seine Gesichtshaut erhitzte, und spürte einen Schmerz in den Beinen.

Der Rauch machte ihn blind und drang in seine Nase ein. Er konnte nicht mehr atmen, aber dann auf einmal, als er noch gegen das Ersticken ankämpfte, merkte er, daß sie es geschafft hatten. Kühle Luft strich über sein Gesicht, und Kieselsteine knirschten unter seinen Füßen.

Plötzlich waren Hände zur Stelle, die ihn stützten und verhinderten, daß er fiel. Stimmen sprachen aufgeregt auf ihn ein. Jemand nahm das Laken von seinen Schultern. Sie hätten ihm auch Elisabeth abgenommen, doch er wehrte alle derartigen Versuche ab. »Uns geht's gut«, murmelte er. »Ich komme schon zurecht.«

Er trug Elisabeth in den Garten. Die Gäste standen immer noch dort, wo er sie verlassen hatte. Sie beobachteten das brennende Palais, und hinter ihnen versammelten sich bereits andere Zuschauer, die von den Dienern nur mühsam zurückgehalten wurden.

Richard setzte Elisabeth im Garten nieder und betrachtete zärtlich ihr wirres Haar und das beschädigte Kleid, das sie mit den Händen zusammenhielt. »Wir haben es geschafft!« Triumphierend kamen die Worte über seine Lippen.

»Wer bist du?« Sie sah ihn völlig erschöpft und verwirrt an.

»Ich bin Richard Melton, ein Engländer.«

»Du gabst vor, der Zar zu sein?«

»Ja, ich habe mich für den Zaren ausgegeben.«

»Aber warum?«

»Weil du für Metternich gearbeitet hast.«

Er sah, wie sie errötete, bevor sie die Hände vor das Gesicht schlug.

»Du weißt es? Ist das schlimm?« flüsterte sie. »Ich bin so dumm! Ich hätte mir denken können, daß du es bemerkst.«

»Mein Liebling, ich habe es gar nicht bemerkt, und außerdem solltest du dir deswegen keine Sorgen machen. Es gibt so vieles, worüber wir reden müssen.«

Sie blickte auf. »Ich schäme mich so«, sagte sie. »Ich wollte dir die Wahrheit sagen, aber er ließ es nicht zu.«

»Wer? Fürst Metternich?«

»Ja. Ich mußte es für Österreich tun, verstehst du?«

»Ich wollte dir auch die Wahrheit sagen«, lächelte er.

»Du bist also nicht der Zar?«

»Ist das schlimm?«

»Ich bin so froh, so furchtbar froh.«

»Mein kleiner Liebling.« Er griff nach ihr, und sie warf sich in seine Arme.

»Ich liebe dich«, flüsterte sie. »Darf ich das sagen?«

»Aber natürlich! Sag es nur immer wieder.«

Ihre Lippen suchten sich, doch in diesem Augenblick bemerkte Richard einen sich nähernden Mann, dessen majestätische Haltung keinen Zweifel zuließ, um wen es sich handelte.

Elisabeth erstarrte in Richards Armen; auch sie hatte den Zaren bemerkt. Richard verspürte wieder einen Anfall von Mordlust. Er ballte die Fäuste, als der Zar herbeikam. Eine gefährliche Stille lastete zwischen ihnen, bis der Zar laut loslachte.

»Richard«, rief er dann, »hast du schon dein Gesicht gesehen? Es ist schwarz – du bist schwarz wie ein Neger.«

II

»Ich schulde Ihnen eine Erklärung, Gräfin«, sagte der Zar zu Elisabeth. »Ich hatte nicht die leiseste Ahnung, daß Sie sich in Gefahr befanden, als ich Sie vor nicht einmal einer halben Stunde verließ. Ich hielt die Geräusche, die wir vernahmen, für die Schritte von sich nähernden Gästen. Erst als ich wieder in der Hofburg war, erfuhr ich die schreckliche Wahrheit. Wenn ich auch nur im geringsten geahnt hätte, daß das Palais brennt, hätte ich nicht gezögert, Sie mit dem gleichen Mut zu retten, den mein Freund Richard Melton soeben gezeigt hat.«

Sie hatte keinen Grund, den Ernst seiner Worte zu bezweifeln; zudem wußte sie, daß der Zar kein Feigling war, wenn es um entschlossenes und rasches Handeln ging. Während Elisabeth sich jedoch wunderte, warum der Zar die lauten Rufe im Gang nicht verstanden hatte, kannte Richard den Grund hierfür sehr wohl.

Am russischen Hof war es ein ängstlich bewahrtes Geheimnis, daß der Zar auf einem Ohr taub war. Katharina die Große hatte ihren Enkel kurz nach der Geburt von seiner Mutter getrennt, um ihn im Geiste Spartas aufwachsen zu lassen, wie es ihrer Meinung nach dem zukünftigen Führer einer Militärmacht gebührte.

Die frühe körperliche Ertüchtigung hatte sich sicher bezahlt gemacht, jedoch hatte man den kleinen Alexander auch, damit er sich an den Kanonenlärm gewöhne, in einem Zimmer des Winterpalasts untergebracht, das der Admiralität gegenüberlag. Auf diese Weise mußte das Kind schon früh aus nächster Nähe den Donner der Kanonen ertragen, die bei allen Feierlichkeiten in der Admiralität Salven schossen – und Feierlichkeiten gab es zahlreiche. Eine bleibende Taubheit des Zaren auf einem Ohr war die Folge. Eitel, wie er war, ging er immer darüber hinweg, und niemand in seinem Gefolge wagte es je, darauf anzuspielen.

»Können Sie mir verzeihen, daß ich Sie verlassen habe?« fragte er nun Elisabeth. Seinen flehenden Worten, dem bittenden Gesichtsausdruck und seinem Charme konnte man kaum widerstehen. Elisabeth spürte, wie die Wut, die sie anfänglich empfunden hatte, dahinschmolz. Daß dieser

Mann sie hatte vergewaltigen wollen und daß sie nur durch den Ausbruch eines Feuers gerettet worden war, schien in weite Ferne gerückt. Doch bevor sie etwas sagen konnte, ließ ein ungeheures Krachen die Luft um sie erzittern. Soeben war ein Balkon, dessen Balustrade mit Statuen Canovas geschmückt gewesen war, heruntergestürzt.

Aus den Teilen des Gebäudes, die das Feuer noch nicht ergriffen hatte, warf man jetzt Bilder und Statuen in den Garten. Auch wenn sie so der Zerstörung durch das Feuer entgingen, erlitten sie doch großen Schaden durch den Aufprall auf dem Boden.

Der Anblick war zu viel für Elisabeth, die aufschluchzend ihr Gesicht an Richards Schulter barg.

»Die Gräfin ist müde, Sire«, sagte dieser. »Darf ich sie nach Hause begleiten?« Noch während er sprach, hob er Elisabeth hoch.

Das Gesicht des Zaren verriet Trotz. Es hatte ihn gekränkt, daß man auf seine Bitte nicht eingegangen war. Kurz empfand er auch Eifersucht auf den jungen, bettelarmen Engländer, dem er seine Freundschaft geschenkt hatte. Dann jedoch erinnerte er sich an seine beste Charaktereigenschaft: seine außergewöhnliche Fähigkeit, für jeden das richtige Wort zu finden und sich die Herzen seiner Umgebung zu erobern. Ein freundliches Lächeln erschien auf seinen Lippen. »Aber selbstverständlich, mein lieber Richard«, sagte er. »Die Gräfin sollte schnellstmöglich diesen schrecklichen Ort verlassen. Mein eigener Schlitten steht bereit, nimm ihn! Und bitte, sag ihr in einem günstigeren Augenblick, wie erleichtert ich bin, sie unverletzt und in Sicherheit zu wissen.«

Richard murmelte seinen Dank und trug Elisabeth mit raschen Schritten durch den Garten zu dem Schlitten. Ganz sanft setzte er sie in den weichen Sitz und nahm dann neben ihr Platz. Beide hüllten sich in die dicken Zobelfelle, die der Zar aus Rußland mitgebracht hatte.

Das Palais der Baronin lag nicht weit entfernt, doch es dauerte eine ganze Weile, bis sie es erreichten, da alle Straßen voller Menschen waren.

Um diese Zeit hatte sich die Neuigkeit, daß es brannte, in Wien wie ein Lauffeuer verbreitet, und jeder wollte das schaurige Schauspiel sehen.

Als sie vor dem Palais der Baronin ankamen, sah Elisabeth Richard an und flüsterte: »Mußt du mich verlassen?«

Er faßte sie unter dem Kinn und hob ihr Gesicht zu dem seinen empor. »Mein Liebling«, sagte er zärtlich, »wenn ich könnte, würde ich für immer bei dir bleiben.«

»Warum geht das nicht?« Die Frage kam so leise, daß er sie kaum hörte.

»Ich liebe dich«, sagte er. »Du weißt das, doch du weißt nicht, daß ich ein bettelarmer Engländer ohne Heimat bin. Ich kann nicht heimkehren.«

»Du bist im Exil?«

Er nickte. Wenn es ihn bisher hart angekommen war, für ein Verbrechen, das er nicht begangen hatte, aus England verbannt zu sein, so empfand er dieses Unrecht jetzt als doppelt ungerecht. Er stellte sich Elisabeth in seinem Haus vor, ihr Lachen, das die Gänge erfüllte, ihre Schritte auf der breiten Treppe. »Ich möchte dich bitten, meine Frau zu werden«, sagte er. »Weiß Gott, das möchte ich mehr als alles andere in meinem Leben. Aber ich kann unmöglich eine Frau bitten, das Exil mit mir zu teilen.«

»Aber wir lieben uns doch!« Fast schrie sie diese Worte.

»Ja, ich liebe dich, wie ich es nie für möglich gehalten hätte. Als ich dich durchs Feuer trug, durchfuhr mich der Gedanke, daß wir auch sterben könnten. Nicht einmal der Tod ist so schlimm wie die Aussicht, daß wir uns wieder trennen müssen.«

»Niemals! Es muß doch einen Weg geben! Irgendeinen!«

Richard beugte sich zu ihr hinüber, und ihre Lippen fanden sich.

»Alles wird gut ausgehen, ganz bestimmt«, rief sie dann jubelnd.

Er konnte sie nur schweigend ansehen, denn er wollte ihr diese Illusion nicht rauben.

Ein schläfriger Pförtner öffnete ihnen das Portal des Palais der Baronin, und Richard half Elisabeth die Treppe hinauf. Als er sich von ihr verabschiedete, ließ sie ihn nicht los. »Komm doch herein, bitte.«

Man beeilte sich, ein Feuer im kleinen Salon zu entzünden, und der Haushofmeister versprach ihnen, daß sie in Kürze ein Frühstück erhalten würden.

»Ich muß zur Baronin gehen und ihr sagen, daß ich wieder da bin«, meinte Elisabeth. »Versprich mir, daß du nicht gehst, bevor ich zurück bin.«

Erneut konnte Richard sich der Bitte nicht widersetzen. »Ich werde warten«, versprach er.

Sie schenkte ihm dafür ein strahlendes Lächeln und lief beschwingt davon, als wäre alle Last von ihr gefallen.

Richard bat um etwas heißes Wasser und einen Spiegel; in ihm erblickte er dann sein rußverschmiertes Gesicht.

Offensichtlich konnte die Diener der Baronin nichts so leicht aus der Ruhe bringen. Zwanzig Minuten später war Richard frisch rasiert, gewaschen und mit einem sauberen Halstuch bekleidet.

Das Frühstück stand bereit, doch von Elisabeth keine Spur. Noch während er sich fragte, ob er mit dem Essen beginnen sollte, stürmte sie ins Zimmer.

Statt des Abendkleids trug sie nun ein Kleid aus weißem Musselin. Ihr Haar, dessen Strahlen sie mit der Bürste wieder erweckt hatte, fiel ihr rotgolden über die Schultern. Aus ihrem Gesicht leuchtete das Glück.

Sie war so jung, so frisch, so wunderschön, daß Richard einen Augenblick alle Sorgen vergaß und nur noch ein verliebter Mann war. Er öffnete die Arme, und sie lief in sie hinein.

»Ich habe fast befürchtet, du seist verschwunden«, flüsterte sie. »Ich war mir nicht mehr sicher, ob ich nicht alles nur geträumt habe.«

»Das wäre ein wunderbarer Traum gewesen«, antwortete er und küßte sie. »Sag mir, daß du mich liebst«, befahl er dann in gespielter Herrschsucht.

»Ich wußte, daß die Liebe so sein würde«, antwortete Elisabeth.

Richard nahm ihre Hände, hob sie an seine Lippen und küßte jeden ihrer Finger einzeln, bis sie ihn lachend zum Tisch zog.

»Du mußt doch Hunger haben«, sagte sie. »Es war eine lange Nacht.«

Sie setzten sich nebeneinander.

»Die Baronin war wach«, fuhr Elisabeth fort. »Ich habe ihr erzählt, was passiert ist. Wir sollen zu ihr kommen, wenn wir mit dem Frühstück fertig sind.«

Richard machte einen Versuch, an seine Armut und seinen zweifelhaften Ruf zu denken, aber alles, woran er denken konnte, war Elisabeth. Er merkte nicht, was er aß und trank, sondern spürte nur, daß es das köstlichste Mahl seines Lebens war.

Sie stiegen zum Zimmer der Baronin hinauf. Elisabeth blieb davor stehen. »Du brauchst dich vor ihr nicht zu fürchten«, sagte sie. »Ich hatte zuerst ein bißchen Angst vor ihr, doch jetzt weiß ich, daß sie im Grunde freundlich und nur ein wenig einsam ist. Sie hat eine scharfe Zunge und benutzt sie, um sich vor dem Mitleid der anderen zu schützen. Zu mir war sie sehr nett.«

»Wer wäre das nicht?« fragte Richard.

Elisabeth sah ihn nicht an, und es war ihr sichtlich unangenehm, als sie sagte: »Ich habe den Fürsten enttäuscht.«

»Metternich?« wollte Richard wissen. »Er hatte kein Recht, dich zu seiner Spionin zu machen.«

»Es war doch für Österreich«, verbesserte sie ihn.

»Von mir aus für den lieben Gott«, antwortete Richard. »Es war einfach empörend von ihm, so etwas von dir zu verlangen.«

»Der Fürst war verzweifelt«, antwortete Elisabeth. »Zumindest sagte er dies. Und da ich neu in Wien war – ein Gesicht, an das man noch nicht gewöhnt war –, dachte er, ich könnte da Erfolg haben, wo er versagt hatte. Es war eigentlich nur ein Schuß ins Dunkle. Wie du weißt, war ich ihm überhaupt keine Hilfe.«

»Um so besser«, erwiderte Richard scharf. »Ich werde dem Fürsten sagen, was ich von ihm und seinen Intrigen halte.«

»Nein, nein, ich möchte nicht, daß du ihn dir zum Feind machst!« rief Elisabeth hastig.

Richards Züge verhärteten sich. »Wir werden ihn gemeinsam aufsuchen«, sagte er. »Ich werde nicht zulassen, daß du dich vor diesem oder einem anderen Mann fürchtest.«

»Ich fürchte mich nicht vor ihm – ehrlich«, erwiderte Elisabeth, »aber es gefällt mir, daß wir den Fürsten gemeinsam aufsuchen.«

Da konnte Richard sie nur in die Arme schließen und sie küssen. Dabei klang das Wort in ihm nach: »Gemeinsam – gemeinsam!«

12

»Richard Melton – der Name kommt mir bekannt vor.«

»Das ist kaum verwunderlich, denn ich suche Eure Durchlaucht schon den sechsten Morgen auf in der Hoffnung, empfangen zu werden.«

Fürst Talleyrand zuckte mit den Achseln. »Ich bin sehr beschäftigt und – gefragt.« Bei dem letzten Wort lächelte er sarkastisch. Wie er so in seinem Schlafgemach dasaß, bot er eine etwas merkwürdige Erscheinung. Zwei Friseure beschäftigten sich mit seiner Perücke, und sein Leibdiener goß ihm Essig über den lahmen Fuß.

Das Palais Kaunitz hatte viele denkwürdige Gäste in seinen Mauern gesehen, doch sicher keinen denkwürdigeren als Talleyrand. Seine lange diplomatische Karriere – und bei Gott, es war keine geradlinig verlaufene Karriere – hatte ihn als Minister des neuen Königs Ludwig XVIII. nach Wien geführt. Er sammelte die Unzufriedenen um sich und unterhielt sie mit viel Witz und erlesenen Gaumenfreuden.

Ausdruckslos musterte er Richard aus seinen kleinen, tiefliegenden Augen und unterwarf ihn einer fast unverschämten Begutachtung. »Und was wünschen Sie von mir?« fragte er.

»Eine Stellung in Paris, Durchlaucht.«

»Und warum sollte ich Ihnen eine anbieten?«

»Mein Vater, Lord John Melton, an den Sie sich vielleicht erinnern können, war viele Jahre an der Botschaft in Paris. Sie besuchten auch meinen Onkel, den verstorbenen Marquis von Glencarron, gelegentlich eines Aufenthalts in London.«

»Ja, ja, ich erinnere mich an beide. Ihr Vater ist tot?«

»Er starb vor fünf Jahren«, antwortete Richard. »Es muß etwa fünfzehn Jahre her sein, daß er in Paris war, und doch denke ich, daß sich viele seiner Freunde an ihn erinnern werden.«

»Nur wenige Menschen haben ein so langes Gedächtnis«, erwiderte der Fürst ausweichend. »Warum möchten Sie denn nach Paris?«

»Ich kann nicht nach England zurück.«

Der Fürst runzelte die Stirn. »So, Sie sind also im Exil?«

»Ja, Durchlaucht.«

»Warum?«

»Ich habe mich duelliert.«

Der Fürst legte die Finger aneinander. »Wo wohnen Sie in Wien?«

»In der Hofburg. Ich bin ein Gast des Zaren.«

»Sie befinden sich also in dessen Lager.«

»Der Zar hat sich mir als Freund erwiesen«, sagte Richard steif. »Ich kümmere mich nicht um den Kongreß und seine politischen Verwicklungen.«

»Wenn der Zar Ihr Beschützer ist, liegt es doch eigentlich nahe, ihn um eine Stellung in St. Petersburg anzugehen.«

»Ich würde Paris vorziehen, Durchlaucht.«

»Viele Leute sagen das«, erwiderte Talleyrand, »doch ich fürchte, ich kann Ihnen nicht dienen.«

Richard verbeugte sich kurz. Er hatte seit seinem ersten Blick auf das glatte, kalte Gesicht des Fürsten nichts anderes erwartet. Es war absurd gewesen anzunehmen, daß der Fürst, der jeden seiner bisherigen Herren verraten hatte, irgend jemand einen Gefallen tun würde, ohne daß er sich davon einen Vorteil versprach. Rasch schluckte Richard die bitteren Worte hinunter, die ihm in den Sinn kamen. Sein Vater hatte ihm mehrmals erzählt, daß er während seiner Zeit an der Botschaft in Paris Talleyrand bei einer höchst wichtigen Angelegenheit geholfen hatte. Der Fürst schien seine eigenen Worte zu bestätigen, daß die meisten Leute nur ein kurzes Gedächtnis hätten.

Richard trat in das Vorzimmer. Zahlreiche Menschen warteten dort mit gelangweilten Mienen und gespielter Gleichgültigkeit, genauso, wie er die ganze letzte Woche gewartet hatte. Als er an ihnen vorüberging, erhob sich ein Mann und stieg mit ihm die marmorne Treppe hinunter.

»Glück gehabt?« erkundigte sich der Fremde. Es handelte sich um einen Mann mittleren Alters mit einem wettergegerbten Gesicht, den Richard für einen verarmten Soldaten hielt.

»Nein!« antwortete er verbittert.

»Wundert mich nicht«, bemerkte sein Begleiter. »Talleyrand würde sich eher die Zunge abschneiden, als sich für einen anderen zu verwenden. Ich war anwesend, als Napoleon ihn vor dem ganzen Hofstaat ›ein Stück Dreck in Seidenstrümpfen‹ nannte. Napoleon hatte recht. Der Fürst hat sich seitdem nicht verändert.«

Richard lachte kurz über diese Beschreibung und ging seines Wegs. Seine Hoffnung, daß sich Fürst Talleyrand aus Dankbarkeit gegenüber seinem Vater erkenntlich zeigen würde, war vergebens gewesen. Auch wenn es nur eine kleine, schlechtbezahlte Stellung gewesen wäre, so hätte er doch damit Elisabeth heiraten können. Aber ohne Hoffnung auf ein gesichertes Einkommen konnte er keine Frau bitten, sein Leben mit ihm zu teilen.

Seit dem Brand des Palais Razumovsky wohnte er im Haus der Baronin von Waluzen. Bei ihren Gesprächen zu dritt kamen sie immer zu demselben Schluß: Zwei Leute konnten einfach nicht nur von Luft und Liebe leben.

Dann hatte Richard die Idee mit dem Fürsten Talleyrand gehabt. Nachdem er die Baronin und Elisabeth von seiner Absicht unterrichtet hatte, war er mit großer Hoffnung zum Palais Kaunitz gegangen. Doch mit jedem Tag, den er damit verbrachte, auf eine Audienz zu warten und zu sehen, wie andere Bittsteller abgewiesen wurden, war er mutloser geworden.

Noch immer war er kein Stück weiter in seinem Bemühen um materielle Sicherheit als an jenem Morgen, da er Elisabeth nach Hause gebracht und ihr und der Baronin die Wahrheit über sich erzählt hatte.

»Aber wir lieben uns doch«, hatte Elisabeth nicht nur einmal, sondern tausendmal in den folgenden Tagen gesagt, wenn sie über ihre Zukunft sprachen.

»Liebe allein macht nicht satt«, hatte ihr die Baronin erklärt. »Die Liebe heizt nicht den Herd und kauft euch auch keine neuen Kleider, wenn die alten schäbig geworden sind.«

»Aber was sollen wir denn tun?« hatte Elisabeth gefragt.

Die Verzweiflung auf ihrem Gesicht, das Zittern ihrer Lippen und die Angst in ihren blauen Augen verleiteten Richard dazu, sich zuversichtlicher zu geben, als er war. »Ich werde schon etwas finden«, versprach er ihr. »Vertraue mir nur – ich schwöre dir, ich lasse dich nicht im Stich.« Leicht war es, mit solchen Worten das Glück wieder auf ihr Antlitz zu zaubern, doch was konnte er tun? Er hatte weder Elisabeth noch der Baronin gestanden, warum es ihm unmöglich war, an den Zaren heranzutreten, der ihm doch noch am ehesten hätte helfen können. Er nahm jedoch an, daß sie beide vermuteten, Katharina stehe dieser Lösung im Wege.

Er hatte Katharina auf einem Ball gesehen, den er in Begleitung von Elisabeth und der Baronin besucht hatte. Doch obwohl sie ihn aus der Ferne angelächelt hatte, hatte es keine Gelegenheit zu einem Gespräch unter vier Augen gegeben. Mannhaft hatte er beschlossen, diese Möglichkeit zu vergessen. Es schien ihm auch, daß Elisabeth jene schrecklichen Augenblicke im Palais Razumovsky aus ihrem Gedächtnis getilgt hatte. Sie war einfach glücklich mit ihm, und ihre einzige Furcht war, daß sie getrennt werden könnten.

»Sie wissen wohl, daß sich Elisabeth alle Chancen verdirbt«, sagte die Baronin in ihrer direkten Art zu Richard. »Ich hatte mindestens zwei Männer, die für sie in Frage kamen, und jetzt behandelt sie die Armen, als wären sie Luft. Sie schlägt ihnen sogar die Bitte um einen Tanz ab.«

»Ich freue mich darüber. Können Sie mich deswegen tadeln?« fragte Richard.

Die Baronin blickte ihn lange an, dann erwiderte sie: »Ich habe Ihnen schon einmal gesagt, daß Ihre Liebe der reine Wahnsinn ist – doch ich gäbe mein Seelenheil dafür, noch einmal jung und so wahnsinnig zu sein.«

Richard war die alte Dame richtiggehend ans Herz gewachsen. Genau wie Elisabeth hatte er gemerkt, daß Ironie ihr als einzige Waffe geblieben war, nun, da ihre Schönheit verblaßt war und die Männer, die sie einst geliebt hatten, gestorben waren oder sie verlassen hatten.

»Manchmal erinnert sie mich daran, daß auch ich einmal alt sein werde«, hatte Elisabeth ihm eines Abends zugeflüstert. »Und wenn ich an die Jahre vor mir denke, dann kann ich mir nicht vorstellen, ohne dich zu leben.«

Er küßte sie leidenschaftlich, als wäre jeder Augenblick, den sie gemeinsam verbrachten, kostbar.

»Ich liebe dich, Richard. O mein Geliebter, fürchtest du, es würde mir etwas ausmachen, mit dir in Armut zu leben?« fragte Elisabeth eng an ihn geschmiegt. »Ich werde für dich kochen, deine Strümpfe stopfen und, so Gott will, dir einen Sohn schenken.« Sie errötete bei den letzten Worten und barg ihr Gesicht an seiner Schulter.

Richard nahm sie noch fester in die Arme, mußte aber gleichzeitig daran denken, daß sie mit der letzten Bemerkung alles nur noch schwerer gemacht hatte. Wie konnte er die Verantwortung für eine Familie auf sich nehmen? In England konnte er es vielleicht wagen. Dort hatte er Freunde, die ihn nicht im Stich lassen würden, und außerdem das Haus mit dem Kinderzimmer, in dem er selbst gespielt hatte.

Harry war schnell Elisabeths ergebener Sklave geworden. Sie amüsierte sich köstlich über seine Redeweise, schmeichelte ihm dadurch, daß sie aufmerksam seinen Geschichten lauschte, und fand seinen Humor genauso unwiderstehlich wie Richard. »Er ist so amüsant«, sagte sie oft, wenn sie der Baronin oder Richard eine seiner beißenden Bemerkungen erzählte.

»Er weiß nicht, wie man sich zu benehmen hat«, sagte dann die Baronin, wenn auch lächelnd. »Einen Diener stelle ich mir anders vor.«

»Ich auch«, stimmte ihr Richard zu. »Er ist auch kein Diener, er ist ein Freund.«

In einer Hinsicht konnte er ganz beruhigt sein: Wenn sie heiraten sollten, würde Harry die Rolle der Köchin, des

Haus- und, wenn nötig, auch die des Kindermädchens mit der gleichen Geschicklichkeit spielen, mit der er schon zahllose andere Rollen gespielt hatte.

Gegen Mittag betrat Richard das Haus der Baronin, wo Elisabeth bereits ungeduldig auf ihn wartete. An seinem Gesichtsausdruck konnte sie ablesen, was bei dem Gespräch mit Fürst Talleyrand herausgekommen war. Sie legte die Arme um ihn und zog sein Gesicht zu sich herunter. Zuerst nahm er ihre liebevolle Geste gar nicht wahr; zu schwer war ihm das Herz von der Nachricht, die er zu überbringen hatte. Dann jedoch bemerkte er, wie ihre Lippen seinen Mund suchten, und umschlang sie mit beiden Armen, hielt sie fest, als wolle er sie nie wieder loslassen.

»Es wird sich etwas anderes finden«, murmelte Elisabeth. »Ich bin ganz sicher, es wird sich etwas finden.«

»Es war töricht, auf ihn zu hoffen«, sagte Richard barsch.

»Wir werden doch wegen dieses Rückschlags unsere Hoffnung nicht aufgeben«, erwiderte Elisabeth.

Aus ihrer Stimme sprach eine Entschlossenheit und Stärke, die ihn aufhorchen ließ. Die letzten Tage hatten sie älter und klüger werden lassen, dachte er bei sich. Sie war durch die Liebe gereift, und einen Augenblick bedauerte er es, nicht mehr das scheue Kind des Maskenballs in den Armen zu halten. Dann jedoch wurde ihm klar, daß er eine Frau wollte, eine Frau, die ihm zur Seite stand, eine Frau, die eine Gefährtin fürs Leben war und nicht das Spielzeug eines Augenblicks.

»Die Baronin und ich waren heute in der Villa am

Rennweg«, fuhr Elisabeth fort. »Fürst Metternich will uns morgen empfangen.«

»Ist das eine gute oder schlechte Nachricht?« fragte Richard.

»Ich weiß nicht«, antwortete Elisabeth. »Manchmal denke ich, er wird uns verstehen, wenn wir ihm sagen, daß wir einander lieben, und manchmal glaube ich, daß er auf mich wütend ist, weil ich seinen Auftrag nicht ausgeführt habe. Ich weiß, daß du mit der Rolle, die der Fürst mir zuwies, nicht einverstanden bist. Du solltest jedoch daran denken, daß wir uns vielleicht nie begegnet wären, wenn er mich nicht um Hilfe gebeten hätte und ich nicht zu jenem Maskenball gegangen wäre. Es war unser Schicksal, mein Geliebter.«

»Ja, es war Schicksal«, stimmte Richard ihr jetzt zu und küßte ihre Fingerspitzen. »Doch jetzt sollte das Schicksal noch einen Schritt weiter gehen und mir dabei helfen, Geld zu verdienen.«

»Ich habe darum gebetet«, antwortete Elisabeth, »und ich glaube nicht, daß meine Gebete unerhört bleiben.«

Da wurde das Mittagessen angekündigt, und sie gingen beide mit vor Freude strahlenden Gesichtern ins Eßzimmer. Die Baronin sah sie kommen und seufzte erneut um ihre verlorene Jugend.

Am Nachmittag nahm die Baronin Elisabeth zu einem Empfang mit, zu dem Richard nicht geladen worden war. Er blieb nicht gern allein und brach deswegen etwas schlechtgelaunt zu einem Ausritt in den Prater auf. Er hoffte immer noch, unter seinen vielen Bekannten einen zu treffen, der ihm nützlich sein könnte. Doch obwohl er mit vielen Leuten sprach, viele Hände küßte und einer Reihe von Potentaten seine Ehrerbietung bezeugte, war der Nachmittag nicht von Erfolg gekrönt. Bald hatte er genug von all den Galanterien und machte sich aus dem Staub.

Bei seiner Rückkehr in die Stadt fühlte er sich wieder richtig gut. Elisabeth würde auf ihn warten. Sie hatten vor, den Abend zu Hause zu verbringen.

Die Dunkelheit brach herein, und die Dächer der herrschaftlichen Häuser hoben sich scharf vom Abendhimmel ab, an dem die ersten Sterne funkelten. Richard bemerkte, wie er eine kleine Melodie vor sich hinsummte; es war der Walzer, den er und Elisabeth an jenem Abend zusammen gehört hatten.

Er brachte sein Pferd vor dem Palais der Baronin zum Stehen. Ein Diener öffnete das Portal, und ein Lichtstrahl fiel auf den Vorplatz. Als er sah, wen er vor sich hatte, gab er einem anderen Lakaien rasch ein paar Anweisungen, und gleich darauf kam ein Stallknecht um das Haus gelaufen und nahm Richard das Pferd ab. Richard betrat die Eingangshalle.

Da erschien Harry in einer der Türen, die zu den Räumen der Dienerschaft führten. »Was ist los, Chef?« fragte er. »Haben Sie die gnädige Frau nicht gesehen?«

»Wen?« erkundigte sich Richard verblüfft.

»Die Gräfin«, erwiderte Harry. »Sie erhielt Ihre Nachricht und verschwand.«

»Was zum Teufel redest du da?« fragte Richard zornig. »Ich habe der Gräfin gar keine Nachricht geschickt. Du hast doch selbst gesehen, wie ich davonritt, nachdem die Damen das Haus verlassen hatten.«

»Ich weiß, Chef, aber als sie vor ungefähr einer Stunde zurückkamen, fuhr wenig später ein Schlitten vor, ein schlitzäugiger Kerl kam ans Portal und sagte, daß Sie nach der gnädigen Frau schicken. Sie solle sich gleich auf die Socken machen und zu Ihnen in die Hofburg kommen.«

»In die Hofburg?«

»Ja, Chef.«

»Bist du ganz sicher?«

»So wahr ich hier stehe!«

»Und was geschah dann?« fragte Richard.

»Die gnädige Frau stieg in den Schlitten, und ab ging's.«

Richards Gesichtszüge erstarrten. Hinter dem Ganzen konnte nur Katharina stecken, dessen war er sich sicher. Aber was wollte sie mit Elisabeth? »Bring mir mein Pferd«, befahl er.

Harry verschwand, und eine Minute später stand das Pferd wieder vor der Tür. Richard sprang in den Sattel und brauchte nicht mehr als zehn Minuten, bis er die Hofburg erreichte. Den Dienern am Haupteingang, die ihn vom Sehen kannten, nickte er kurz zu, dann stieg er die Treppe hinauf, zu den Gemächern des Zaren im ersten Stock. Er beschloß, zuerst den Zaren zu fragen, ob er Elisabeth habe kommen lassen.

»Ich möchte Seine Majestät sprechen«, verlangte Richard von dem Flügeladjutanten, den er oben antraf.

»Ich fürchte, das geht nicht«, erwiderte der Mann.

»Warum?«

»Der Zar ist beschäftigt.«

»Wer ist bei ihm?« fragte er scharf.

»Ich glaube nicht, daß ich es Ihnen sagen sollte«, antwortete der Adjutant.

»Sagen Sie es mir sofort.«

Der Ton in Richards Stimme ließ den Mann die Wahrheit sagen. »Es handelt sich um eine Dame.«

»Das habe ich mir gedacht«, erwiderte Richard. »Wer ist es?«

Der Adjutant blickte vorsichtig über seine Schulter, während Richard gespannt auf seine Antwort wartete.

»Die Gräfin Sophie Zichy, und Sie werden kaum glauben, was hier los war«, fuhr der Adjutant fort. Nun, nachdem die erste Hemmung überwunden war, war er ganz versessen darauf, seine Geschichte loszuwerden. »Die Gräfin neckte den Zaren und meinte, daß Männer eitler seien als die Frauen und länger beim Anziehen brauchten. Er widersprach ihr, und sie wettete daraufhin mit ihm, daß sie sich schneller umziehen könne als er. Er nahm die Herausforderung an und schickte einen Fähnrich zum Haus der Gräfin, damit er die nötigen Kleidungsstücke hole. Jetzt sind sie da drinnen. Sobald sie herauskommen, werden sie uns wohl sagen, wer gewonnen hat.« Dabei lächelte er vielsagend.

Richard wandte sich angewidert ab. Ohne ein weiteres Wort ging er zu Katharinas Zimmer. Wie erwartet ruhte sie in dem großen, reichverzierten Bett. Ein paar Kerzen erhellten den Raum.

Sie lag auf dem Rücken und hatte die Augen geschlossen, als schlafe sie. Als Richard die Tür hinter sich schloß und sich ihr näherte, schlug sie die Augen auf. »Richard!

Was für eine Überraschung! Ich hatte die Hoffnung längst aufgegeben, daß du noch einmal zu mir kommst.«

»Wo ist Elisabeth?«

»Elisabeth? Wer ist Elisabeth? Ach ja, dieses junge Ding aus den Bergen, für das du dich so interessiert hast. Aber mein Lieber, woher soll ich das wissen? Ich dachte, du wohnst bei ihr.«

Richard stand jetzt ganz nah am Bett. »Was hast du mit ihr gemacht?« fragte er. »Ich weiß, daß du es warst, die sie hierher lockte.«

»Ich weiß gar nicht, wovon du redest«, versuchte Katharina auszuweichen. Sie sah ihn jetzt mit großen Augen an, ihr langes blondes Haar lag ausgebreitet auf den Spitzenkissen, und ihre nackten Schultern hoben sich deutlich von den seidenen Laken ab. Dann wurden ihre Augen ganz schmal, und ihre Lippen öffneten sich. »Hast du mich ihretwillen verlassen?« fragte sie ganz sanft.

»Ich habe dich etwas gefragt«, erwiderte er, »und ich erwarte eine Antwort.«

»Dieses dumme Mädchen! Warum soll sie zwischen dir und mir stehen? Ich gebe zu, sie ist hübsch, aber das sind tausend andere auch. Was findest du an ihr, was ich nicht habe? Ist sie leidenschaftlich? Das bin ich auch. Verlangt sie nach dir? Das tue ich auch. Liebt sie dich? Richard, das tue ich doch auch.« Sie streckte ihm die Arme entgegen. Die Laken rutschten herunter und enthüllten unter dem durchsichtigen Nachthemd ihre herrlichen Brüste.

Er packte sie fast brutal an den Handgelenken. »Antworte mir!« rief er. »Wo ist Elisabeth?« Als sie nicht antwortete, ließ er sie los und beugte sich zu ihr hinunter.

»Hör zu, Katharina. Ich bin verzweifelt. Ich habe die Frau, die ich liebe, verloren, und niemand, niemand darf sich mir bei meiner Suche in den Weg stellen. Wenn du mir nicht sofort sagst, wo sie ist oder wohin du sie gebracht hast, werde ich dich umbringen.« Seine Hände griffen bei diesen Worten nach ihrem Hals, dem gleichen Hals, den er so leidenschaftlich geküßt hatte. »Antworte!«

Als Katharina zu schreien versuchte, packte er fester zu, und nach ein paar Sekunden wurden ihre Anstrengungen schwächer. Ihr Gesicht war blutrot angelaufen, ihr Atem ging nur noch stoßweise.

»Antworte!«

Richard war unerbittlich, alle menschlichen Gefühle schienen von ihm gewichen. Wieder versuchte Katharina zu schreien, doch kein Laut entrang sich ihrer Kehle.

»Antworte!«

»Ich ... ich ... sage ... es ... dir.«

Er lockerte den Griff so weit, daß sie sprechen konnte.

»Du tust mir weh, mein Gott, du tust mir weh.«

»Antworte!«

»Wolkowski hat sie zu Graf Araktschejew nach Gruzino geschickt.«

»Araktschejew!« Entsetzt wiederholte Richard den Namen. »Dafür sollte ich dich töten.«

»Mein Hals! Mein Hals!« stöhnte Katharina.

Sie konnte nur noch krächzen, als er jetzt den weichen Schal nahm, den sie um den Hals getragen hatte, und ihn ihr vor den Mund band. Dann riß er ihr die Hände hinter den Rücken und band sie dort mit einem Tuch zusammen. Als sie hilflos auf dem Bett lag, richtete er sich auf und blickte sie ernst an. »Wenn ich Elisabeth nicht retten kann«, sagte er, »dann helfe dir Gott, denn ich werde dich umbringen, und wenn das das letzte ist, was ich auf Erden tue.«

Er verließ das Zimmer und sperrte hinter sich ab. Draußen sah er eine von Katharinas Zofen, die er vom Sehen kannte. Sie lächelte und machte vor ihm einen Knicks. »Ihre Durchlaucht schläft«, sagte er, »und sie möchte die nächsten anderthalb Stunden nicht gestört werden.«

»Jawohl, Mr. Melton«, erwiderte das Mädchen. Sie war solche Anweisungen gewohnt und zog daraus ihre eigenen Schlußfolgerungen.

Richard folgte dem Gang bis zur Tür von Fürst Wolkowskis Gemächern und trat, ohne anzuklopfen, ein.

Der Fürst, der an seinem Schreibtisch saß, blickte überrascht auf. Als er Richards Gesichtsausdruck gewahrte, erhob er sich. »Guten Abend, Melton. Was zum Teufel –?« begann er mit seiner hohen, durchdringenden Stimme.

Richards Schlag traf ihn ohne Vorwarnung, und ohne daß er den Satz beenden konnte. Während er noch taumelte, zu erstaunt, um sich zu wehren, schlug Richard erneut zu. Die beiden hatten ungefähr die gleiche Statur, doch Richard hatte Boxen gelernt, und den Fürsten hatte ein Leben in Luxus verweichlicht. Er versuchte Richards Schläge abzuwehren, doch normalerweise kämpfte er mit Degen und Pistole und nicht mit den bloßen Händen.

Immer wieder trafen ihn Richards Hiebe, bis er schließlich nach einem gewaltigen Haken bewußtlos zu

Boden ging. Innerhalb weniger Sekunden hatte Richard ihn mit seinem eigenen Halstuch geknebelt und mit Vorhangschnüren gefesselt.

Seine Fingerknöchel bluteten, als er auf den Gang hinaustrat. Er lenkte seine Schritte jetzt wieder zu den Gemächern des Zaren. Niemand befand sich in dessen Salon, und deshalb nahm er an, der Adjutant habe die Gräfin Zichy zu ihrer Kutsche hinuntergebracht.

Er durchschritt eilig das Zimmer und öffnete die Tür zum Schlafzimmer des Zaren. Die harschen Worte, die er sagen wollte, erstarben auf seinen Lippen. Der Zar schlief. Er lag auf seinem Bett, trug einen Morgenmantel aus Brokatstoff, und seine Beine waren von einer samtenen Decke verhüllt. Auf seinem Gesicht lag der zufriedene Ausdruck eines gesättigten Mannes. Er sah jünger und verletzbarer aus als im wachen Zustand.

Als sich Richard ihm näherte, blitzte auf dem Tisch neben dem Kamin im Schein der Flammen etwas auf. Es war ein Ring.

Richard wußte, was das für ein Ring war. Ihn trugen die kaiserlichen Kuriere auf ihrem Weg zwischen St. Petersburg und Wien. Jedermann wußte, daß ein Mann, der einen solchen Ring trug, alle Befehlsgewalt hatte, denn er sprach und handelte im Namen des Zaren.

Der Zar wälzte sich herum und murmelte im Schlaf einige undeutliche Worte. Richard stand ganz still. Dann griff er nach dem Ring, steckte ihn an seine Hand, wandte sich um und ging hinaus.

13

Als Richard die Haupttreppe der Hofburg hinuntereilte, traf er den Flügeladjutanten, der tatsächlich die Gräfin Zichy zu ihrer Kutsche begleitet hatte. Er nickte ihm kühl zu, doch der junge Mann wollte ihm unbedingt die letzten Neuigkeiten mitteilen.

»Sie waren fast zwei Stunden im Schlafzimmer Seiner Majestät!« raunte er verschwörerisch.

»Wirklich?« antwortete Richard scheinbar ungerührt und ging weiter die Treppe hinab. Als er die Eingangshalle erreicht hatte, folgte er dem Gang, der ihn zu den Stallungen der Hofburg bringen mußte. Dort waren Plätze für die Schlitten und Pferde des Zaren reserviert worden.

Glücklicherweise kannte Richard den Oberstallmeister persönlich. Er schickte nach ihm und streckte ihm seine linke Hand entgegen, an deren Ringfinger er den goldenen Ring gesteckt hatte. »Dringende, geheime Befehle Seiner Majestät«, sagte er mit leiser Stimme.

Der Oberstallmeister blickte rasch über seine Schulter, als wolle er sicher sein, nicht gehört zu werden. Dann sagte er: »Zu Ihren Diensten, Mr. Melton.«

»Ein Schlitten verließ heute nachmittag auf Befehl des Fürsten Wolkowski die Hofburg. Er sollte am Haus der Baronin von Waluzen eine Dame aufnehmen und sie dann zu Graf Araktschejew nach Gruzino bringen.«

»Ganz recht, Mr. Melton. Der Schlitten ist vor ungefähr eineinhalb Stunden abgefahren.«

»Seine Majestät hat seine Meinung geändert. Er wünscht, daß ich den Schlitten abfange und die Dame zurückbringe.«

»Verstehe.«

»Wie viele Pferde zogen den Schlitten?« fragte Richard.

»Zwei. Zwei unserer besten Araber.«

»Geben Sie mir vier!« befahl Richard. »Ich werde selbst kutschieren.«

Der Russe lächelte widerstrebend. »Das ist nicht ganz einfach.«

»Die Zeit drängt«, erwiderte Richard kurz angebunden und warf, während er sprach, einen raschen Blick zu den Fenstern der Hofburg hinauf, als erwarte er, daß der Zar aus einem der hellerleuchteten Fenster auf sie herunterblicke.

Seine Worte brachten den Oberstallmeister auf Trab. Innerhalb weniger Minuten wurde ein herrlich gebauter Schlitten in den Hof gebracht und ihm vier schwarze Araberhengste mit langen, fliegenden Mähnen vorgespannt.

»Ich brauche einen Mantel«, sagte Richard, und kurz darauf erschien ein schwerer, zobelgefütterter Kutschermantel zusammen mit einer Mütze aus dem gleichen Material.

»Ich habe zwei meiner besten Männer ausgesucht, die Sie begleiten werden«, sagte der Oberstallmeister, als die Pferde und der Schlitten bereit standen. »Sie können beide kutschieren, wenn Sie es wünschen, und sie sprechen beide etwas Deutsch.«

»Sie sollen sich in den Schlitten setzen«, antwortete

Richard. Es war ihm klar, daß die beiden, selbst wenn sie noch so eifrig waren, nie mit der Geschwindigkeit fahren würden, die er anzuschlagen beabsichtigte. Als er die Pferde durch das enge Tor der Hofburg auf die schneebedeckte Straße hinauslenkte, die Zügel in der einen Hand und eine lange Peitsche in der anderen, zwang er sich, nicht an Elisabeth oder den gräßlichen Ort, wohin man sie bringen wollte, zu denken.

Graf Araktschejew war ein Mann, den viele Leute für den bösen Geist des Zaren hielten. Bei seiner Schlechtigkeit hatte er keine Freunde, denn nur die übelsten Spitzbuben hielten es mit ihm aus. Selbst die gelassensten Mitglieder des russischen Hofes sprachen von ihm nur mit Verachtung, und die meisten machten bei einem Gespräch unter vier Augen kein Geheimnis aus ihrem Haß auf den Günstling des Zaren.

Der Zar jedoch sah in ihm einen Freund und vertraute ihm blind. Araktschejew hatte allen einen Brief gezeigt, den ihm der Zar zu Beginn des Jahres aus Paris geschrieben hatte und der folgendermaßen endete: »Ich kann nur sagen, daß es kaum jemand gibt, dem ich gleichermaßen vertraue und dessen Abwesenheit ich schmerzlicher vermisse. Für immer Ihr ergebener Freund, Alexander.«

Die letzten sieben Jahre war Araktschejew Kriegsminister gewesen. Sein Einfluß war ständig gewachsen. Klug spann er seine Fäden, und er hatte sich dem Zaren unentbehrlich gemacht.

Der Zar war häufig zu Gast in Gruzino, dem Besitz des Grafen. Doch Richard wie der Rest des Hofes wußte, daß die Geliebte des Grafen abwesend sein mußte, wenn der

Zar erwartet wurde. Außerdem würde der Graf es niemals wagen, dem frommen Zaren seine Bildergalerie am Ende des Gartens zu zeigen, wo er eine Sammlung unzüchtiger Gemälde zusammengetragen hatte, die ihresgleichen suchte. Der Zar wußte auch nichts von den häufigen Auspeitschungen der Leibeigenen.

Schreckliche Geschichten waren im Umlauf über die Geschehnisse in Gruzino. Erst vor ein paar Wochen hatte Richard davon gehört, wie ein sechzehnjähriges Mädchen zu Tode gepeitscht worden war, nur um die sadistischen Neigungen des Grafen zu befriedigen, während ihre Freunde daneben stehen und laut für die Sterbende beten mußten.

Richard hatte den Grafen zwar bei einer Reihe von Anlässen gesehen, war ihm aber immer ausgewichen aus Furcht, sein Temperament nicht zügeln zu können und dem Russen eines Tages das Grinsen aus dem widrigen Gesicht zu schlagen. Doch stand es ihm nicht zu, seine Meinung zu äußern, solange er der Gast des Zaren war.

Doch nun fielen ihm all diese Geschichten wieder ein und erfüllten sein Herz mit Schrecken, wenn er daran dachte, daß Elisabeth sich bald in der Hand dieses Schurken befand. Er konnte es kaum fassen, daß Katharinas Eifersucht sie zu einer so grausamen Tat getrieben hatte.

Bei jedem Meilenstein, an dem er vorbeiraste, betete Richard darum, daß sie Elisabeth und ihre Begleiter bald einholen möchten. Er wußte, daß ihr Schlitten einen großen Vorsprung hatte, doch sollte der Abstand dank seiner rücksichtslosen Fahrweise ständig geringer werden.

Gott sei Dank wußte Elisabeth nicht, was sie in Rußland

erwartete. Er dachte an ihre großen, vertrauensvollen Augen, die ihn anschauten, und in diesem Augenblick schwor er sich, sie ein Leben lang zu beschützen.

Sie war sein; er liebte sie, und sie liebte ihn. Wie hatte er nur so lange warten können, ohne sie zu heiraten? Was spielte Geld für eine Rolle? Es war besser, zusammen zu darben als unglücklich voneinander getrennt zu leben. Er erinnerte sich daran, wie sie bei ihrem ersten gemeinsamen Abendessen gesagt hatte: »Die Menschen, die man liebt, werden immer interessanter; man schätzt sie immer mehr und nicht weniger.«

Wie recht sie gehabt hatte! Sie war immer interessanter und wertvoller für ihn geworden, bis der Gedanke, ohne sie leben zu müssen, einfach schrecklich geworden war. »Elisabeth, ich liebe dich! Ich komme!« rief sein Herz.

Der Schaum flog den Pferden in großen Flocken vom Maul, doch er schonte sie nicht. Immer weiter durch ein Land, das im Mondlicht dalag, an Wäldern vorbei, die sich dunkel vom Horizont abhoben. Immer weiter. Jetzt endlich schimmerte von weitem das Licht der ersten Kurierstation.

Damit der Zar immer mit seiner Regierung in St. Petersburg in Verbindung bleiben konnte, hatte man an der ganzen Route Kurierstationen eingerichtet, an denen frische Pferde bereitgehalten wurden.

Als Richard in den Hof der Kurierstation einbog, zitterte er vor Angst, daß die letzten zwei Pferde vielleicht für Elisabeths Schlitten gebraucht worden waren. Er, der vier brauchte, würde leer ausgehen.

Als der Schlitten hielt, liefen rasch ein paar Knechte

herbei. Es gab keine Verzögerung, keine unnötigen Fragen. Während die Männer die schwitzenden, erschöpften Pferde ausspannten und in den Stall brachten, kam von dort bereits Ersatz. Richard trat in die Gaststube, wo ihn Wein und ein warmes Essen erwarteten. Er mußte widerwillig zugeben, daß alles perfekt organisiert war. »Vor kurzem ist hier ein Schlitten vorbeigekommen«, sagte er zum Wirt. »Eine Dame ist daringesessen. Wie lange sind sie schon weg?«

»Ein Schlitten hat hier vor etwa einer halben Stunde gehalten«, erwiderte der Mann. »Aber ich habe keine Ahnung, wer die Insassen waren.«

»Warum nicht?« fragte Richard.

»Die Dame, wenn es eine Dame war, ist nicht ausgestiegen.«

Richards Gesichtszüge verhärteten sich. Die Worte des Wirts bedeuteten, daß man Elisabeth gefangenhielt. Dies geschah sicher auf Wolkowskis Befehl, und Richard wünschte sich jetzt, daß er ihn stärker verprügelt hätte. »Hat man der Dame etwas zu essen oder zu trinken gegeben?« fragte er.

»Ich glaube nicht, aber ich kann mich erkundigen.«

Darauf wollte Richard nicht mehr warten. Er hatte ein paar Bissen gegessen, während die Knechte die Pferde wechselten. Jetzt stürzte er ein Glas Wein hinunter und ging zum Schlitten zurück. Seinen Begleitern war deutlich anzumerken, daß sie nur ungern so rasch die warme, gemütliche Gaststube verließen, doch wagten sie keinen Protest.

Und weiter ging es. Die Straße wurde schwieriger; sie

wand sich Berghänge hinauf und dann wieder in dunkle Täler hinunter. Doch die Pferde waren frisch.

Sie durchfuhren jetzt eine Gegend, wo es weit und breit keine Häuser gab. Vor ihnen lagen, dunkel und bedrohlich, dichte Wälder, in denen sie ihre Geschwindigkeit vermindern mußten, weil kein Mondlicht das Dunkel durchdringen konnte.

Während sie sich langsam durch die Dunkelheit bewegten und die Pferde beim unvermuteten Knacken eines Astes oder dem Schrei einer Eule scheuten, hörte Richard plötzlich das Heulen eines Wolfes.

Elisabeth hatte es schon einige Zeit zuvor gehört. Als ihr Schlitten in den Wald einfuhr, scheuten plötzlich die Pferde und waren nur durch Peitschenhiebe zum Weitergehen zu bewegen. Zuerst hatte sie nicht gewußt, was der Ton bedeutete, doch als sie dieses gespenstische Heulen erkannte und mit dem Schrecken der Pferde in Verbindung brachte, schien es ihr nicht viel schlimmer als die Angst, die sie erfüllte, seitdem der Schlitten, der sie vom Haus der Baronin abgeholt hatte, aus der Stadt hinausgefahren war.

Zuerst hatte sie an ein Mißverständnis geglaubt. Sie hatte sich an den Mann hinter ihr gewandt, der die Zügel in den Händen hielt. »Sie sagten, Mr. Melton erwarte mich in der Hofburg«, sagte sie.

Er antwortete nicht, sondern starrte nur mit unbewegtem Gesicht in die Dunkelheit vor ihnen.

»Die Hofburg!« rief sie. »Sagten Sie nicht, Mr. Melton erwarte mich in der Hofburg?«

Wieder antwortete er nicht.

Sie spürte, wie eine eisige Hand nach ihrem Herzen griff, und wollte sich erheben. Da merkte sie, wie die Hand des Mannes sie an der Schulter niederdrückte. Einen Augenblick konnte sie kaum glauben, daß er sie berührt und auf ihren Sitz gezwungen hatte. Die Berührung durch einen Bediensteten war so unerhört, daß es ihr den Atem verschlug.

Dann jedoch begriff sie rasch. Dies war eine Falle. Richard hatte überhaupt nicht nach ihr geschickt. Wie hatte sie nur glauben können, daß er sie in die Hofburg bat? Es war der Zar, der dahintersteckte, der Zar, der sie für ihren Widerstand in jener Nacht bestrafen wollte.

Dann verfiel sie auf Katharina; ja, bestimmt war die Fürstin an allem schuld. Sie erinnerte sich jetzt daran, daß die Fürstin sie beobachtete, als sie zusammen mit Richard in der Oper war.

Sie saßen zusammen mit der Baronin in deren Loge, als der Zar, begleitet von einigen Mitgliedern seines Gefolges, eine der Logen ihnen gegenüber betreten hatte. Katharina war auch dabei gewesen, und Elisabeth hatte die ältere Frau beobachtet, ohne mit Richard darüber zu reden. Da er hinter ihnen saß, war ihr nicht klar, ob er überhaupt gemerkt hatte, wer gekommen war.

Immer wieder ging ihr Blick hinüber, dahin, wo Katharina saß. Sie sah an jenem Abend umwerfend aus, fand Elisabeth und spürte gleichzeitig einen stechenden Schmerz im Herzen. Katharina trug ein Halsband aus riesigen Smaragden über einem so gewagten Dekolleté, daß sie von der Taille an fast nackt schien. Auch an ihren

Ohren funkelten Smaragde, und ihre Haare schmückte eine Tiara von Smaragden und Diamanten.

Sie lächelte den Zaren an und hatte offensichtlich gerade eine amüsante Bemerkung gemacht, denn er lachte und wandte sich ihr zu, um ihr etwas ins Ohr zu flüstern. In diesem Augenblick bemerkte Elisabeth, daß Katharina sie und den hinter ihr sitzenden Richard erkannt hatte. Katharinas Lächeln erstarb. Dann erschien wie eine Wolke an einem schönen Tag auf ihrem Antlitz ein bösartiger Ausdruck, der ihre ganze Schönheit überschattete.

Sie haßt mich, dachte Elisabeth, aber ich hasse sie auch. Sie konnte danach kaum mehr das Ballett genießen. Das einzige, was ihr im Gedächtnis blieb, war Katharinas Haß, der ihr aus der kaiserlichen Loge entgegengeschlagen war.

Als sie die Oper verließen und sie neben Richard in der Kutsche saß, schalt sie sich innerlich. Richard hielt ihre Hand ganz fest, seine Finger fühlten sich stark und beruhigend an. Aus seinem Verhalten schloß Elisabeth, daß er Katharina wohl nicht gesehen hatte. Was auch zwischen ihr und ihm gewesen sein mochte, es war jetzt vorbei. Elisabeth hatte keinen Grund zur Beunruhigung. Ganz leicht, so daß es die Baronin nicht wahrnahm, legte sie ihre Wange an seine Schulter.

Er drückte ihre Hand stärker. »Bist du müde?« Aus der Frage klang eine zarte Besorgnis, die sie lächeln ließ. »Wir wollten doch noch auf den Ball im ›Apollo‹ gehen?«

Die Baronin lachte und sagte: »Haben Sie in letzter Zeit noch nicht genug Feste erlebt, daß Sie nun auch noch zu einer öffentlichen Vergnügung gehen?«

»Die steife Atmosphäre auf den Bällen der Adligen

langweilt mich zu Tode«, erwiderte Richard. »Im ›Apollo‹ sollen heute Sänger aus Tirol auftreten. Ich finde, wir sollten hingehen und sie uns anhören!«

Seiner Begeisterung konnte die Baronin kaum widerstehen. »Jugend wirkt ansteckend«, meinte sie belustigt. »Ich werde wohl mitgehen müssen.«

Elisabeth tanzte im »Apollo« mit Richard, und zwar so eng, daß sie auf einem der vornehmeren Bälle sicher Aufsehen erregt hätten. »Ich bin so glücklich, daß ich gar nicht aufhören möchte«, flüsterte sie ihm zu.

»Wenn du mich weiter so ansiehst«, antwortete er, »werde ich dich küssen.«

»Ich glaube nicht, daß das hier jemand schockieren würde – außer mich«, erwiderte sie, ihn neckend.

»Flirtest du mit mir?« fragte er.

»Ich hoffe doch«, antwortete sie, »wenn man das Flirten nennt.«

»So ist es«, sagte er, »und wenn ich dich je dabei erwische, daß du es mit einem anderen tust, dann werde ich dich entweder prügeln oder mit Küssen ersticken.«

Beide mußten darüber lachen. Sie schwebten wie auf einer rosaroten Wolke. Erst später, allein in ihrem Zimmer, erinnerte sich Elisabeth wieder an den Haß, der in Katharinas Augen gefunkelt hatte.

Jetzt wußte sie, daß es Katharina war, die sie hatte entführen lassen. Der Schlitten fuhr viel zu schnell, als daß sie einen der Passanten hätte um Hilfe bitten können. Sie fragte sich, ob sie sich wohl aus dem Schlitten in den Schnee werfen konnte, doch erschien ihr dies zu riskant. Sie begann vor Angst zu zittern. Es war sinnlos, den

Kutscher nach ihrem Ziel zu fragen, doch während sie über das offene Land fuhren, wurde ihr klar, daß dieses Ziel in Katharinas Heimat lag.

Und sie betete um ihre Rettung, wie sie noch nie zuvor gebetet hatte.

Wie bald würde wohl Richard herausfinden, daß sie verschwunden war? Harry hatte gesehen, wie sie wegfuhr; das war ihre einzige Hoffnung.

»Lieber Gott, mach, daß er mich findet! Mach, daß er mich findet!« Sie betete mit geschlossenen Augen und bemerkte deswegen die Kurierstation erst, als der Schlitten langsamer wurde und im hellerleuchteten Hof anhielt. Verwundert betrachtete sie die Lichter und die Knechte, die sich um die Pferde kümmerten. Rasch erwachte die Hoffnung in ihr, und sie wollte aufstehen. Doch eine schwere Hand legte sich auf ihre Schulter, und eine tiefe Stimme sagte: »Geben Sie ja keinen Laut von sich!«

Frische Pferde wurden angeschirrt, dann fuhren sie weiter. Schließlich wurde es dunkel, und ein kalter Wind blies ihr ins Gesicht. Nach ein paar Meilen riß ein Stück des Zaumzeugs, und es gab einen längeren Aufenthalt, während der Kutscher das Zaumzeug ausbesserte. Verzweifelt dachte Elisabeth, daß Richard sie einholen müßte – falls er ihnen überhaupt folgte. Sie blickte über ihre Schultern zurück auf den Weg, den sie gekommen waren, und flüsterte vor sich hin: »Bitte, lieber Gott, mach, daß er mich findet! Bitte, lieber Gott, bitte!«

Doch ihre Gebete blieben unerhört. Die Straße hinter ihnen blieb leer. Sie führte nun über steile Berge und durch tiefe Täler. Sie mußten langsamer fahren, und an manchen

Stellen konnten die Pferde sich nur mühsam einen Weg durch den tiefen Schnee bahnen.

Schließlich erreichten sie einen großen Wald, und als sie in das undurchdringliche Dunkel hineinfuhren, hörte Elisabeth, wie der Kutscher auf russisch vor sich hin fluchte. Irgend etwas stimmte nicht.

Dann hörte sie das Heulen der Wölfe, und im nächsten Augenblick scheuten und bäumten sich die Pferde auf; nur der unbarmherzige Einsatz der Peitsche trieb sie voran.

Das Heulen kam näher. Elisabeth blickte über ihre Schulter und sah, daß der Kutscher seine Pistole gezogen hatte und sie schußbereit hielt. Das Heulen war inzwischen sehr nah, und dann erblickte sie die Wölfe. Sie liefen unter den Bäumen zu beiden Seiten des Schlittens auf gleicher Höhe mit den Pferden. Ihre Leiber waren kaum mehr als vorüberhuschende Schatten zwischen den dunklen Baumstämmen.

Die Pferde rasten jetzt; der Kutscher mußte längst nicht mehr auf sie einpeitschen, denn sie galoppierten jetzt um ihr Leben. Dann sprang der Leitwolf vor ihnen quer über die Straße. Mit einem gewaltigen Ruck kam der Schlitten zum Stehen. Dann ertönte ein Schuß, kurz darauf ein zweiter und ein dritter.

Elisabeth wurde bewußt, daß sie im Schlitten stand und sich an dessen Vorderteil festhielt, während der Kutscher seine Pistole abfeuerte und die Pferde sich unter den Angriffen der hungrigen Wölfe aufbäumten.

14

Richard hörte die Schüsse und trieb seine Pferde an. Ohne daß er es ihnen gesagt hätte, zogen seine Begleiter ihre Pistolen, und Richard wünschte, daß er selbst auch bewaffnet wäre.

Als sie um eine Biegung des Weges kamen, gelang es Richard eben noch, seine Pferde zum Stehen zu bringen. Er entging einem Zusammenstoß mit Elisabeths Schlitten nur um Haaresbreite; dieser war von Wölfen umzingelt.

Das plötzliche Erscheinen eines weiteren Schlittens bewirkte, daß sich die Wölfe unter die Bäume zurückzogen. Man konnte das Funkeln ihrer Augen und den Geifer an ihren Lefzen sehen. Sie warteten, jederzeit bereit zu einem neuen Angriff; im Augenblick erlaubten sie den Reisenden eine kurze Verschnaufpause.

»Rasch, packt die Pferde an den Zügeln!« rief Richard seinen Begleitern zu, und diese liefen sofort los, um seinen Befehl auszuführen. Er ging auf den anderen Schlitten zu. Dessen Kutscher starrte ihn stumm an, während Elisabeth kaum verständlich seinen Namen schluchzte. Richard wandte sich an den Kutscher, der mit einer rauchenden Pistole in der Hand dastand. »Seine Majestät der Zar befiehlt, daß diese Dame nach Wien zurückgebracht wird«, sagte Richard mit befehlsgewohnter Stimme.

»Ich habe meine Befehle von Fürst Wolkowski«, erwiderte der Mann in gebrochenem Deutsch.

»Die sind für Seine Majestät von keinerlei Interesse«,

beschied ihn Richard streng. Er streckte seine linke Hand aus, so daß das Mondlicht auf den Ring fiel.

Der Kutscher erkannte den Ring, sagte jedoch nur: »Ich stehe im Dienste des Fürsten Wolkowski, und ich muß die Dame nach Gruzino bringen.«

»Sie werden meine Befehle ausführen, denn ich handle im Namen des Zaren«, antwortete Richard, und der andere schickte sich in das Unabänderliche. Richard wandte sich an Elisabeth. »Darf ich Sie zu meinem Schlitten begleiten, Madame?« fragte er förmlich und bot ihr seinen Arm. Er merkte, wie sie die Worte zurückhielt, die ihr in den Sinn kamen, und daß sie die überwältigende Erleichterung zügelte, in der sie ihm um den Hals fallen wollte.

Mit unnachahmlicher Würde sagte sie: »Ich bin bereit, Seiner Majestät Befehle zu befolgen.« Dann legte sie ihre zitternden Finger auf seinen Arm und folgte ihm durch den Schnee zu seinem Schlitten.

Er half ihr hinein und deckte sie mit einem Pelz zu, bevor er sich an den älteren seiner beiden Begleiter wandte.

»Sag dem Kerl, daß er seine Pferde langsam zur nächsten Kurierstation bringen und dort auf weitere Anweisungen warten soll. Einer von euch fährt wohl am besten mit, dann kann er die Wölfe in Schach halten.«

»Sehr wohl, Mr. Melton.«

Richard wendete seinen Schlitten, und nun ging es im Galopp auf dem Weg, den er soeben gekommen war, zurück.

Erst als sie den Wald hinter sich gelassen hatten und sich wieder in freiem Gelände befanden, zügelte Richard die

Pferde und sagte zu dem sie begleitenden Mann: »Du kannst die Zügel übernehmen.«

Als er es sich unter den Pelzdecken neben Elisabeth bequem machte, flüsterte sie: »Du bist wirklich gekommen! Ich hatte darum gebetet, daß du kommst und mich rettest.«

»Hast du je daran gezweifelt?« fragte er.

»Nein, ich war ganz sicher, daß du kommen würdest«, antwortete sie. »Doch gleichzeitig hatte ich Angst, schreckliche Angst.«

»Mein Liebling, es ist meine Schuld. Ich hätte dich schon vor einer Woche heiraten sollen«, sagte er, »und zwar an jenem Abend, als ich dich aus dem Palais Razumovsky gerettet habe.«

Einen Augenblick blieb sie ganz still, dann streckte sie suchend ihre Hand aus und umschloß die seine ganz fest. »Richard, du meinst, du willst mich jetzt heiraten?«

»In dem Augenblick, da wir in Wien ankommen«, antwortete er. »Ich möchte dich immer beschützen dürfen.«

»O Richard!«

Sie mußte nichts weiter sagen; das Glück auf ihrem Gesicht sagte mehr als tausend Worte.

»Ich liebe dich, mein Liebling«, fuhr er fort. »Aber wird das für uns reichen?«

»Immer!« rief sie. »Was spielt denn sonst noch eine Rolle?«

»Wenn du das wirklich glaubst, dann kann uns nichts mehr trennen. Ich wünschte, ich könnte dir mehr bieten.«

»Du hast alles, was ich brauche und möchte«, erwiderte sie. »Ich glaube, es gibt kaum einen zweiten Mann, der so klug, so tapfer und so stark ist wie du. Wie sonst hättest du mich finden können, nachdem ich so heimtückisch aus dem Haus der Baronin entführt wurde? Woher wußtest du, wohin man mich brachte?«

»Harry sagte mir, daß dich ein Schlitten abgeholt hat«, antwortete Richard.

»Der Kutscher sagte mir, du würdest in der Hofburg auf mich warten.«

»Auch das hat mir Harry gesagt. Ich fuhr also zur Hofburg und fand heraus, daß etwas nicht stimmte.«

»Es war dumm von mir, den Trick nicht zu durchschauen«, murmelte Elisabeth. Sie fragte sich, ob sie ihren Verdacht, daß Katharina den Schlitten geschickt hatte, aussprechen sollte. Dann beschloß sie jedoch, nichts zu sagen.

Sie seufzte zufrieden. Richard war bei ihr, er hatte sie gerettet, alles andere war ihr egal. Und jetzt wollte er sie sogar heiraten, sie sollte seine Frau werden. Alles würde gut werden. Was gab es Schöneres, als seinen Namen zu tragen und zu ihm zu gehören? Sie ließ den Kopf an seine Schulter sinken und dachte nur noch an ihr Glück.

Doch Richard dachte an andere Dinge. »Sobald wir verheiratet sind, müssen wir Wien verlassen«, sagte er langsam. »Ich denke, am besten gehen wir nach Brüssel. Ich kenne den englischen Botschafter dort, vielleicht kann er uns weiterhelfen.«

»Warum müssen wir so schnell aus Wien fort?« fragte Elisabeth verwundert. »Die Baronin würde sich sicher freuen, wenn wir eine Zeitlang ihre Gäste blieben; ich bin sicher, daß sie uns beide sehr mag.«

»Nein, wir müssen fort.« Richard wollte Elisabeth nicht durch eine Erklärung über die Lebensgefahr, in der sie beide schwebten, in Angst versetzen. Fürst Wolkowski würde ihm die Schmach nie verzeihen, daß er ihn niedergeschlagen hatte. Und auch Katharina würde sich dafür rächen wollen, daß er sie gefesselt und geknebelt hatte.

»Nein, wir müssen fort«, sagte Richard erneut.

Elisabeth widersprach nicht. Wenn sie erst einmal verheiratet waren, sollte Richard entscheiden und ihr gemeinsames Leben planen. Sie wollte immer bei ihm bleiben, wohin er auch ging.

»Wenn wir doch nur nach Hause, nach England, könnten!« rief Richard plötzlich aus. Die Tatsache, daß ihm sein Vaterland versperrt war, schien ihm unerträglicher denn je.

»Gibt es denn gar keine Hoffnung?« fragte Elisabeth leise.

»Keine!« Er hatte ihr schon früher die Geschichte jener Nacht erzählt, als er zum Urheber eines Verbrechens gemacht wurde, das er in Wirklichkeit nicht begangen hatte.

»Angenommen, du würdest selbst zum Prinzregenten gehen und ihm sagen, was passiert ist?« schlug sie vor.

»Das meint Harry auch immer«, sagte Richard, »doch der Prinzregent glaubt mir sicher nicht.« Einen Augenblick schwang Bitterkeit in seiner Stimme mit, denn er erinnerte sich, wie gnädig der Prinzregent gewesen war, als er noch in seiner Gunst gestanden hatte und sein Ruf unbefleckt gewesen war. »Verfluchte Könige und Kaiser!« sagte er. »Warum sollten wir uns um sie kümmern? Wir wollen doch nur, daß man uns in Ruhe läßt, daß wir glücklich und zufrieden leben können.«

»Wir sind glücklich«, sagte Elisabeth besänftigend. »Vielleicht müssen wir uns damit bescheiden und auf den Reichtum verzichten.«

»Du hast recht«, sagte er. »Es wäre wirklich mehr, als ich verdiene, wenn ich dich *und* den Reichtum hätte.«

»Es wird sich noch ein Weg finden, da bin ich ganz sicher«, sagte Elisabeth. »Wir haben schon so viel mitgemacht und haben uns trotzdem gefunden. Jetzt sind wir vereint.«

»Und wir werden es auch bleiben«, antwortete Richard. »Wir werden heiraten, sobald wir in Wien sind«, sagte er. »Und wir werden dann nach Brüssel abreisen. Vertraust du mir?«

»Ja, ich vertraue dir.«

»Gut. Sobald wir da sind, gehen wir zu Lord Stewart, dem englischen Botschafter. Wir können in der Botschaft heiraten.«

Kurze Zeit herrschte Stille, dann sagte Elisabeth leise: »Darf ich dich um einen Gefallen bitten? Könnten wir zuerst zu Fürst Metternich gehen? Weil ihn meine Mutter sehr gern hatte, möchte ich ihn wenn auch nicht um seine Erlaubnis, so doch um seinen Segen für unsere Heirat bitten.«

»Dein Wunsch sei mir Befehl«, erwiderte er lächelnd.

Sie wollte ihm danken, aber er sagte rasch: »Nein, danke mir nicht für etwas, was ich dir nicht abschlagen darf. Vergib mir, wenn ich ungeduldig erscheine.«

»Wir werden zuerst zum Fürsten gehen«, sagte Elisabeth, »und dann zur Botschaft.«

Er nahm sie fest in die Arme. »Ich will nur deiner sicher sein«, sagte er. »Nichts soll uns mehr trennen – nichts.«

Eng umschlungen, wie zwei Kinder, verschliefen sie den Rest der Fahrt.

Als sie in die Stadt einfuhren, brach der Tag an.

»Fahr uns zum Palais des Fürsten Metternich«, befahl Richard, als der Kutscher zur Hofburg abbiegen wollte. Die Pferde liefen in leichtem Trab die Prachtstraße entlang, die zu des Fürsten Palais führte. Als der Schlitten zum Stehen kam, stieg Richard aus, und fast zur gleichen Zeit erschien der Haushofmeister, um nachzusehen, wer zu dieser frühen Stunde ankam.

»Sehen Sie zu, daß der Kutscher ein ordentliches Frühstück erhält und daß die Pferde im Stall versorgt werden. Ich möchte, daß sie erst in ein paar Stunden in die Hofburg zurückkehren.«

Der Haushofmeister verzog keine Miene bei diesem merkwürdigen Auftrag. »Sehr wohl, Mr. Melton. Haben Sie einen Termin bei Seiner Durchlaucht?«

»Nein«, erwiderte Richard. »Aber er wird bestimmt die Gräfin Elisabeth Schönborn empfangen. Bitte melden Sie ihm, daß die Gräfin um eine Unterredung bittet. Es handelt sich um eine äußerst wichtige Angelegenheit.«

Er drehte sich um, um Elisabeth aus dem Schlitten zu helfen. Sie war ganz steif; wenn er sie nicht um die Taille gefaßte hätte, wäre sie wohl hingefallen. Doch sie lächelte, und ihre Augen strahlten vor Freude. »Meine Beine verweigern den Dienst, doch ich werde mich nicht beschweren. Ich habe jede Minute unserer Reise genossen«, sagte sie.

Sanft half Richard Elisabeth die Treppe hinauf. Als sie die große Halle betraten, sah Elisabeth an ihrem zerknitterten Kleid hinunter und tastete nach ihrem Hut. »Könnte ich wohl meine Garderobe in Ordnung bringen, bevor ich vom Fürsten empfangen werde?« fragte sie den Haushofmeister.

Nach wenigen Minuten kam eine Zofe. Sie führte Elisabeth und Richard zu zwei Zimmern, wo sie sich rasch etwas frisch machen konnten.

»Es besteht kein Grund zur Eile, Mr. Melton«, teilte der Haushofmeister Richard mit, als er eine Viertelstunde später wieder erschien. »Seine Durchlaucht frühstückt gewöhnlich um halb neun, und es ist noch nicht einmal acht.«

»Dann suchen Sie mir einen Barbier«, befahl Richard, »und bringen Sie mir ein frisches Hemd.«

Als Richard gewaschen, rasiert und wieder angekleidet war, führte ihn ein Diener in ein kleines Zimmer, das auf den Garten hinausging. »Man hat Seine Durchlaucht darüber informiert, daß die Gräfin im Haus ist. Er wird in ein paar Minuten unten sein«, teilte er ihm mit. Richard ging zum Fenster und sah auf den schneebedeckten Rasen hinaus. Langsam machte er sich Sorgen, was wohl der Fürst sagen würde, wenn er von den Ereignissen der vergangenen Woche erfuhr und wenn Elisabeth ihm sagte, daß sie, auf die er so große Hoffnungen gesetzt hatte, einen bettelarmen, exilierten Engländer heiraten werde.

Es blieb Richard jedoch keine Zeit, zu lange darüber nachzugrübeln, denn nun öffnete sich die Tür, und Elisabeth trat ein. Sie hatte Hut und Mantel abgelegt und trug jetzt ein Kleid aus blaßblauem Musselin, zu dem sie ihr Lieblingshalsband aus Türkisen und Diamanten angelegt hatte. Ihr Haar war sorgfältig frisiert und ihr Gesicht so frisch, als hätte sie nicht eine Nacht voller Schrecken in einem offenen Schlitten verbracht, sondern käme soeben aus einem Schönheitssalon.

Sie lief zu ihm, nachdem der Lakai die Türe hinter ihr geschlossen hatte, und Richard nahm sie in die Arme.

»Ich liebe dich«, sagte er stürmisch. »Bist du sicher, daß das alles ist, worauf es ankommt?«

»Ganz, ganz sicher«, lächelte sie. »Mein Geliebter, ich habe dir noch gar nicht für meine Rettung gedankt.«

»Ich habe es auch nicht nur deinetwegen getan«, erwiderte er.

Sie sah ihn erstaunt an. »Warum dann?« wollte sie wissen.

»Ich brauche dich, liebe dich. Glaubst du, ich könnte es ertragen, ohne dich zu sein?«

Er umfaßte sie fester, während er sprach. Sein Mund suchte den ihren und fand ihn; eng umschlungen vergaßen sie alles um sich herum. Er spürte, wie sein Verlangen ein Feuer in ihr entfachte, und ihre Lippen öffneten sich unter seinen Küssen. Ihr Körper erbebte, nicht aus Furcht, sondern unter dem Einfluß eines neuen Gefühls, das ihren Pulsschlag beschleunigte.

Auf einmal spürten sie, daß sie nicht mehr allein waren. Erschrocken fuhren sie auseinander.

Fürst Metternich stand vor ihnen. Er trug einen Morgenmantel aus himmelblauem Samt. »Ich habe gehört, die Gräfin Schönborn möchte mich dringend sprechen«, sagte er leicht amüsiert. »Ist dies der Grund der Dringlichkeit?«

Elisabeths Gesicht überzog sich mit tiefer Röte. Sie sank in einem Knicks nieder. »Bitte vergeben Sie uns, wir haben Sie nicht hereinkommen hören«, sagte sie.

»Anscheinend macht Liebe nicht nur blind, sondern auch taub«, murmelte der Fürst, und ein fragender Blick ging zu Richard.

»Richard Melton, zu Ihren Diensten«, stellte Richard sich vor.

Der Fürst reichte ihm die Hand. »Ich kannte Ihren Vater, als er vor ein paar Jahren in Paris war.« Dann wandte er sich wieder an Elisabeth. »Was haben Sie mir mitzuteilen?« fragte er. »Oder soll ich es erraten?«

»Wir sind gekommen, weil wir heute noch heiraten wollen«, sagte Elisabeth. »Sie sollten es als erster erfahren, und ich wollte, daß Sie Richard kennenlernen.«

»Heiraten?« Der Fürst runzelte die Stirn.

»Ja«, sagte Elisabeth schnell. »Ich liebe Richard, und er liebt mich, doch er glaubt, wir sollten auf jeden Fall noch heute heiraten. Wir müssen nämlich Wien verlassen.«

»Das sind in der Tat Neuigkeiten«, sagte der Fürst. »Vielleicht können Sie mir einige Aufschlüsse geben, junger Mann.«

»Eure Durchlaucht, ich denke, das ginge leichter, könnte ich Sie unter vier Augen –«, begann Richard, wurde jedoch sofort von Elisabeth unterbrochen.

»Nein, nein, auf keinen Fall«, rief sie. »Ich weiß, du möchtest auf meinen Ruf Rücksicht nehmen, wenn es um die Geschichte im Palais Razumovsky geht, doch da gibt es nichts, dessen ich mich schämen müßte. Ich möchte, daß du dem Fürsten alles erzählst, was passiert ist, aber ich möchte dabei sein.« Während sie sprach, war sie auf ihn zugegangen und hatte seine Hand ergriffen.

Seine Hand umschloß die ihre, und er lächelte zu ihr hinunter.

Der Fürst hob die Augenbrauen und sagte: »Wenn es sich um eine längere Geschichte handelt, dann sollten wir uns setzen.«

Sie gingen zum Kamin, wo es sich der Fürst in einem Sessel mit hoher Rückenlehne bequem machte, während Elisabeth und Richard ihm gegenüber auf einem brokatbezogenen Sofa Platz nahmen. Der Fürst hörte aufmerksam zu, als Richard erzählte, was alles passiert war, seit er und Elisabeth sich das erste Mal in der Hofburg getroffen hatten.

Er erzählte, wie er die Rolle des Zaren gespielt und sich dabei in Elisabeth verliebt hatte und wie Katharina darauf gekommen war, daß Elisabeth eine Spionin war. Er erzählte von dem Geschehen im Palais Razumovsky, wie das Feuer ausgebrochen war und er Elisabeth gerettet hatte, wie sie daraufhin beide bei der Baronin von Waluzen gewohnt hatten und was gestern abend passiert war, als der Schlitten, der angeblich von ihm geschickt worden war, Elisabeth aus Wien nach Gruzino entführen sollte.

Während er sprach, sah ihn der Fürst unverwandt an. Schließlich schloß Richard seine Erzählung mit den Worten: »Das ist alles, Eure Durchlaucht. Ich habe beschlossen, daß wir sofort heiraten und Wien verlassen. Sobald Elisabeth meine Frau ist, kann ich sie beschützen. Ich weiß natürlich, daß ich mir zwei unerbittliche Feinde gemacht habe. Ich habe vor, noch heute abend nach Brüssel abzureisen, wo mir hoffentlich der britische Botschafter weiterhelfen wird. Vielleicht kann ich durch ihn eine Beschäftigung bekommen.«

»Sie leben im Exil?«

»Ja«, antwortete Richard. »Wegen eines Duells, das ich nicht führte, und wegen des Todes eines Mannes, mit dem ich nichts zu tun hatte.«

»Wie das?« fragte der Fürst.

Richard erklärte es ihm in wenigen Worten.

»Ich kenne Ihren Vetter«, sagte der Fürst. »Er ist dem Duellieren verfallen wie andere Menschen dem Trunk.«

»Ich hatte keine andere Wahl, als die Bedingungen anzunehmen, die er mir diktierte.«

»Ich verstehe«, erwiderte der Fürst. »Unter den gegebenen Umständen haben Sie keine andere Wahl gehabt. Aber das führt mich zu einer etwas indiskreten Frage. Wie gedenken Sie den Unterhalt für sich und Ihre Frau zu bestreiten?«

»Darauf kann ich nur antworten, daß ich es nicht weiß«, antwortete Richard. »Ich kann nur beten und hoffen, daß sich das Glück zu meinen Gunsten wendet.«

»Und wenn nicht?« beharrte der Fürst.

Da Richard nicht antwortete, sprang Elisabeth auf. »Irgendwie werden wir schon durchkommen«, sagte sie. Sie fiel vor dem Fürsten auf die Knie. »Ich liebe Richard. Und ich möchte seine Frau werden. Geben Sie uns bitte Ihren Segen.«

»Und wenn ich mich weigere?«

»So grausam können Sie nicht sein«, wandte Elisabeth ein. »Jetzt da Richard Ihnen alles erzählt hat, verstehen Sie gewiß, wie wir zueinander stehen. Wenn er mich nicht heiraten dürfte, wollte ich am liebsten sterben.«

»Aber haben Sie ein Dach über dem Kopf, Nahrung und Kleidung?« fragte der Fürst.

»Richard wird eine Anstellung finden, sobald wir in Brüssel sind.«

»Richard weiß genau wie Sie, daß eine Anstellung für jemanden, der als Edelmann aufgewachsen ist, sehr schwer zu finden ist«, erwiderte der Fürst ernst.

»Ob ich nun eine Anstellung finde oder nicht, ich werde Elisabeth noch heute heiraten«, antwortete Richard.

Die beiden Männer maßen sich.

»Ich verbiete es!« rief der Fürst.

»Haben Sie das Recht dazu?« fragte Richard.

»Ich denke schon«, erwiderte der Fürst bedächtig.

»O nein, so grausam können Sie doch nicht sein.« Elisabeth umklammerte mit beiden Händen den Arm des Fürsten. »Haben Sie nie so sehr geliebt, daß Sie nicht wissen, daß es Wichtigeres gibt als das Leben?«

Der Fürst rührte sich nicht.

Elisabeth fuhr fort: »Sie haben meine Mutter geliebt, das weiß ich. Und sie liebte Sie. Ich wußte nicht, wieviel sie Ihnen bedeutet hat, bis ich nach Wien kam. Dann hörte ich das Gerede der Leute, und ich verstand.«

Der Fürst sah sie an. »Was verstehen Sie?« fragte er.

»Ich verstand oder glaubte zu verstehen«, Elisabeths Stimme versagte fast, »daß ich ein Kind der Liebe war. Ihrer Liebe zu meiner Mutter und ihrer zu Ihnen. Habe ich recht?«

Der Fürst beugte sich zu ihr hinunter, faßte sie am Kinn und hob ihr Gesicht zu sich hoch.

Blaue Augen sahen in blaue Augen, dann sagte er: »Du hast recht – meine Tochter!«

»Ich bin froh, so froh. Ich habe geglaubt, daß es sich so verhielt, und trotzdem schien schon der Gedanke vermessen. Aber jetzt haben Sie es mir selbst gesagt. Ich bin stolz darauf, Sie meinen Vater nennen zu dürfen.«

Der Fürst beugte sich vor und küßte sie auf die Stirn. Dann stand er auf und zog Elisabeth an sich. »Hör zu, Elisabeth, dies alles muß überdacht werden. Kannst du mir eine Stunde geben, damit ich alles überlegen kann, um eine bessere Lösung zu finden, als sie dein künftiger Mann vorschlägt?«

»Es gibt keine bessere Lösung als unsere Heirat«, sagte Elisabeth rasch.

»Es gibt sicher etwas Besseres, als sich bettelarm durch Europa zu schlagen. Ich bitte nur um etwas Geduld.« Der Fürst warf einen raschen Blick auf die Uhr auf dem Kamin. »Ich erwarte Gäste zum Frühstück«, fuhr er fort. »Sie werden schon da sein. Man wird euch inzwischen etwas zu essen bringen. Wenn ich zurückkomme, ist mir vielleicht etwas eingefallen. Vertraut ihr mir?«

Elisabeth sah rasch Richard an, dann sagte sie: »Wir werden warten, doch sind wir beide fest entschlossen, so bald wie möglich zu heiraten.«

Ängstlich sah sie den Fürsten an. Sie fürchtete, er werde über ihre Hartnäckigkeit verärgert sein, doch er lächelte. »Gebt mir eine Stunde«, sagte er.

»Unter einer Bedingung«, antwortete sie.

Er runzelte mißbilligend die Stirn. »Eine Bedingung?« fragte er.

»Ja«, erwiderte sie. »Unter der Bedingung, daß Sie unabhängig von der gefundenen Lösung zu unserer Hochzeit kommen.«

Der Fürst lachte schallend. »Ich warne Sie, Richard«, sagte er. »Wenn Sie nicht sehr aufpassen, wird Ihre Frau Sie genau wie mich um den kleinen Finger wickeln.«

»Dann sind Sie also einverstanden.« Elisabeth seufzte erleichtert auf. »Danke! Ich wußte, daß Sie Verständnis haben würden.«

Sie wollte seine Hand küssen, doch der Fürst umfaßte sie und küßte sie seinerseits auf die Wange. »Du bist eine kleine Intrigantin«, schalt er sie. »Ich weiß gar nicht, von wem du das geerbt hast.«

Elisabeth lachte, während ihr Tränen der Erleichterung kamen. »Die Augen sind nicht das einzige, was ich von Ihnen geerbt habe, mon père.«

Der Fürst küßte sie erneut und verließ das Zimmer. Draußen wandte er sich mit einem Seufzer dem Frühstückszimmer zu.

Elisabeth und Richard saßen sich bei einem Frühstück gegenüber. Beiden tat der heiße Kaffee mit Schlagsahne gut, doch verspürten sie keinen großen Hunger. Zuerst unterhielten sie sich lebhaft, dann begann Elisabeth ungeduldig auf die Uhr zu sehen. Eine halbe, schließlich eine Dreiviertelstunde verging, ohne daß der Fürst zurückkehrte. Elisabeth überlegte fieberhaft, wodurch er wohl aufgehalten worden war.

»Mach dir keine Sorgen, Liebes«, sagte Richard tröstend, als er die Furcht in ihren Augen sah.

»Aber ich mache mir einfach Sorgen«, antwortete Elisabeth. »Ich habe schreckliche Angst, daß er einen Vorwand findet, unter dem er uns die Heirat verbieten will.«

»Nichts kann sie mehr verhindern«, antwortete Richard. »Habe ich dir das nicht schon hundertmal gesagt? Du gehörst mir, mir allein, und niemand wird dich mir je wieder nehmen.« Sie streckte beide Hände nach ihm aus, und er führte sie an die Lippen. Dann beugte er sich über den Tisch und küßte sie auf den Mund. »Ich habe genug von diesen Winkelzügen«, sagte er. »Noch heute abend wirst du meine Frau sein.«

Sie lachte zärtlich. »Bist du sicher, daß es kein Fehler von dir ist, eine Ausländerin zu heiraten?«

»Ich habe nur einen Fehler gemacht: Ich habe damit zu lange gewartet.«

»Ich liebe dich«, sagte sie.

»Und ich liebe dich«, erwiderte er.

Sie sahen einander tief in die Augen.

Noch während sie sich so anblickten, öffnete sich die Tür, und der Fürst und ein Unbekannter traten ein.

»Die Stunde ist noch nicht ganz um«, sagte der Fürst, »aber ich habe eine Lösung gefunden.«

Elisabeth und Richard erhoben sich. »Eine Lösung?« fragten sie wie aus einem Mund.

Der Fürst legte den Arm um Elisabeths Schultern und wandte sich an Richard. »Richard Melton, hier ist ein Herr, der mich ganz zufällig davon unterrichtete, daß er Sie schon seit Tagen sucht.«

»Mich sucht?« fragte Richard erstaunt. Er drehte sich um und sah sich den Unbekannten genauer an. Sofort erkannte er den britischen Botschafter Lord Stewart. Es konnte keinen Zweifel geben, er war es!

»Sie sind ein verflucht schwer zu findender Bursche, Melton«, schnarrte Lord Stewart in der ihm eigenen Art.

»Es täte mir leid, wenn ich Ihnen Unannehmlichkeiten bereitet hätte, Mylord«, antwortete Richard. »Sie wollten mich sehen?«

»Man teilte mir mit, daß Sie in Wien seien«, erwiderte Lord Stewart, »aber ich hatte keine Ahnung, wo ich Sie finden konnte.«

»Jetzt haben Sie mich ja gefunden.«

»Ich habe Neuigkeiten, die Sie interessant finden dürften«, sagte Lord Stewart. »Ihr Vetter, der Marquis von Glencarron, ist tot.«

»Tot?« stieß Richard hervor.

»Ein Duell. Er wurde tödlich verwundet«, antwortete Lord Stewart ungerührt. »Aber bevor er starb, hat er Ihren guten Ruf wiederhergestellt.«

»O Richard!«

Richard hörte Elisabeths Ausruf nicht. Zur Salzsäule erstarrt sah er Lord Stewart an.

»Sie können, wenn Sie wollen, nach England heimkehren«, fuhr der Lord fort. »Darüber hinaus wünscht Seine Königliche Hoheit, der Prinzregent, Ihre Anwesenheit am

Hof. Ich soll Ihnen diese Nachricht in seinem Namen übermitteln, Mylord!«

Einen Augenblick herrschte Stille. Dann sagte Richard bewundernswert gefaßt: »Ich danke Ihnen, Mylord.«

»Dann kannst du ja zurück nach England«, rief Elisabeth laut. »Genau wie du es wolltest.«

»Genau wie ich es wollte«, wiederholte Richard. Er lächelte ihr zu und wandte sich wieder an Lord Stewart. »Darf ich Sie bitten, die nötigen Vorbereitungen für meine Trauung mit Gräfin Elisabeth Schönborn zu treffen, bevor wir uns auf den Heimweg machen?«

»Einen Augenblick«, warf der Fürst ein. »Sie haben mich nicht um meine Erlaubnis und meinen Segen gebeten.«

»Sie werden sie uns doch nicht verweigern, Durchlaucht?« fragte Richard.

»Natürlich nicht«, antwortete der Fürst. »Ich bin hocherfreut, meinem Mündel, der Gräfin Elisabeth Schönborn, die Erlaubnis zu geben, Herrn Richard Melton, Marquis von Glencarron, zu heiraten. Habe ich euch nicht gesagt, ich würde eine Lösung finden?«

Erstaunt sah Elisabeth Richard an. »Das verstehe ich nicht. Stimmt es, daß du ein Marquis geworden bist?«

»Ja«, antwortete Richard. »Ist das schlimm?«

»Natürlich«, sagte sie schmollend. »Ich hätte so gern dein Essen gekocht und deine Strümpfe gestopft. Jetzt aber wirst du reich sein und hast mich gar nicht mehr nötig.«

Ohne Rücksicht auf Lord Stewart und den Fürsten legte Richard den Arm um Elisabeth. »Frauen sind einfach nie zufrieden«, sagte er. »Aber keine Angst, noch heute heiraten wir.«

Elisabeth lächelte ihn an und legte den Kopf an seine Schulter. Als Richard aufblickte, weil er dem Fürsten etwas sagen wollte, sah er nur noch, wie sich hinter den beiden Herren leise die Tür schloß.